「そんなふうに、那智は俺のせいでだけ、泣いてればいー…
…他のやつに泣かされるくらいなら、こっちのが全然いーし」
「あんた、何……っ、楽しそう、な顔してんだ、よ……!」

第4章　表と裏の境界線

楽園のうた　1

鈴藤　みわ

目 次

Prologue 7

第1章　最悪な出会い　11

第2章　偶像と化けの皮　59

第3章　仮面の内側　119

第4章　表と裏の境界線　205

あとがき　286

装幀　片岡デザイン室（片岡由梨香）

イラスト　カズアキ

Prologue

```
差出人：Nachi
送信日：2007年12月14日（金）
宛先：　K
件名：　最低の曲
```

新曲、聴いたよ。
メロディはともかく。
サイテーの歌詞。

差出人：K
送信日：2007年12月15日（土）
宛先：　Nachi
件名：　Re：最低の曲

お前、誰だよ？
あの歌詞は、俺らのファンのコが作ってくれたんだ。
すっげえ気に入ってるし、すっげえ、いい詞だよ。

第1章
最悪な出会い

それは、不意に耳に飛び込んできた。
　聞き覚えのない歌声とメロディに、聞いたことのあるフレーズ。
　はじめは気のせいだと思い直して、止まりそうになった自分の足をもう一度動かした。
　だけど一言一句、おそらくサビと思われる部分までが記憶と一致するとなると、すんなりと聞き流せるわけがない。
　学校帰り、駅前のアーケード街を歩いていた僕は、今度こそ足を止めた。角の天井に設置されている音質の良くないスピーカーを見上げる。
　どうして——？
　この詞が、こんなふうに表に出るはずがないのに。
　ピアノの伴奏とともにまだ聞こえてくるその歌は、僕が思い出したくない過去の記憶を呼び覚ました。
　3年前に封印したはずの苦い想い。そのときに僕が綴った文字の羅列に、その歌詞は酷似していた。
　普通、こんなことってあるか？
　もし、これがあの詞なら、あと少しで終わりのはず。
　僕はまだスピーカーから目を離せずに、睨みつけるようにしてその場に立ち尽くしていた。
「あーっ！　これって、ＫＩＸの新曲じゃない？」
「昨日のテレビでお披露目してた曲だよね！」
「やっぱ、すっごい、いい歌詞！　ＣＤ発売いつなのかなあ」
「絶対予約しなきゃっ！」
　女子高生が興奮気味に話しているのが遠くで聞こえる。
　きっくす——？
　僕は思わず会話の主たちの方に顔を向けた。

「……ちょっと、なに、あの男。スピーカーの前で突っ立ってるけど」
「ＫＩＸのファンなのかな。キモくない？」
「やだ、聞こえちゃうよ！　行こ、行こ」
　聞こえてるよ。キモくて悪かったね。それに、ファンなんかじゃないから。
　きっくす……。
　どこかで聞いたことのあるその単語を忘れてしまわないように、僕は何度も呪文みたいに口の中で繰り返した。
　スピーカーは既に違う音楽を吐き出していて、気がつけば雪がちらちらと舞い始めている。
　少し曇ってきた眼鏡をかけ直して、帰る足を速めた。

　　　　　　§　　§　　§

　家へ着いてすぐに妹の部屋へ向かう。あいつの部屋で、きっくす、という言葉を見たような気がしたのを思い出したからだ。
　あろうことか、その部屋からは、さっき街中で聞いたメロディが大音量で響いている。ＣＤ発売はまだのようだったから、この音の犯人はテレビなんだろう。
「梨夢、お前だろ」
「ちょっと那智！　ノックくらいし……」
「しらばっくれんなよ！　お前以外にこういうことできるやつなんか、いないだろ」

第１章　最悪な出会い＊*13*

「あれ……なんか、怒って、る？」
　ちっとも悪そうな顔をしないで、上目遣いで見上げるその顔で何人の男を騙してんだか。
　テレビ画面からは３人の男のダンス姿と一緒にあの曲のサビが流れてくる。そのことが僕の神経を逆撫でした。
「これ、どういうことか説明して」
「なんのこと、かなあ。梨夢、わかんない」
「ふざけんなっ！」
「……もう！　分かったわよ！　３ヶ月くらい前に、辞書を借りようと思って那智の机の引き出し開けたら、見つけちゃったの」
　観念したような口調で、やっと梨夢が口を割った。
「……で？　なんで音まであてられてんの」
「でねでね！　そのとき、たまたまＫＩＸが新曲の歌詞をファンサイトで公募してたのねっ！　採用者は、ＰＶの撮影見学に行けるっていう特典があったんだー！　作曲はね、ＫＩＸの……」
　お前、ぜんっぜん悪いと思ってない口調と顔だな、それ。
「自分で書けよ！」
　何か言おうとしている梨夢の言葉を遮っても。
「だってぇ……那智の、すっごく良かったんだもん」
「……行ったのか、撮影会」
「うん！　メンバーみんなイイ人でね！　超、カッコ良かったぁ！」
「それで、歌詞を変えることにも同意したってわけか」
「それは……、ごめん、なさい……」
「はぁ……」

梨夢相手じゃ、てんで話になんない。
　それに、結局僕は梨夢には敵(かな)わないんだ、昔から。
「那智？」
「……梨夢、そのＫＩＸってやつらのメアド、教えろ」
「えっ!?　し、知ってるわけないじゃない！　今をときめくアイドルなのよ！　教えてもらえるわけないしっ！」
「それでも、訊(き)いたんだろ？　そのカオ、使って」
「……那智だって、おんなじ顔じゃん」
「お前は、オンナ。僕はオトコ。いくら似てたって、僕たちは二卵性なんだから」
　いっそ、一卵性の双子だったら、まだ救われるのに。
　二卵性双生児。
　男と女。
　タマゴも性別も違っているというのに、なぜか僕たちはとてもよく似ていた。
　──けれど、それも中学までの話だ。
　僕は雪で少し濡れた長い前髪をかき上げた。
「那智、髪、切らないの？　またボサボサになってきてるよ。それに、その眼鏡もいい加減やめたら？」
「話を逸(そ)らすなよ。メ、ア、ド！」
「……分かったわよ！　でも絶対に！　ぜーったいに変なことに使わないでよ？」
「……使わないよ。ちょっと、兄としてお礼、送っとくだけ。あの詞は梨夢が作ったことになってんだろ？」
「あ、なあんだ！　那智も結構あの曲気に入ってるんじゃない。だよねー、メロディも良かったもんねー」
　梨夢はうっとりとした表情で、録画ＤＶＤを最初から再

生し画面に見入っている。
　……ひとりであっちの世界に行ってろよ。
　その様子を横目で睨み、僕は梨夢の携帯電話から『K』というイニシアルのメールアドレスをメモして自室へと向かった。
　Kがあの中の誰なのかなんて、どうでも良かった。
　勝手に詞を送った梨夢よりも、内容を書き換えられたことに無性に腹が立っていた。
　部屋に入ってすぐにパソコンを立ち上げる。伊達眼鏡を外して鬱陶しい前髪を上げると、鏡に映るのはたった今話をしていた妹と同じ顔だった。
　もちろん梨夢みたいに、眉をいじったり薄化粧したりしてはいないから女に間違われるようなことはないけど、だからといって男らしいわけでもない。

『中性的な、顔してるよな、お前って』

　思い出したくない人の、思い出したくない台詞が脳裏を掠めて、かき消すように強く頭を振った。
　やっと高校から梨夢と離れられたんだ。もう考えないようにするって決めたんだから。
　容姿なんて髪型や雰囲気で、いくらでもごまかすことができる。今の僕は、何の手入れもしていないボサボサの黒髪に太いフレームの眼鏡をかけて、できるだけ梨夢とイメージが重ならないように心がけていた。
　中学までは強制的に梨夢と同じ学校だったから、高校は猛勉強して親を納得させ私立の名門男子校に進学した。

そこでも、可能な限り存在感を消して目立たないように行動している僕は、世間一般的に見れば確かに。
「──キモイ、んだろうよ」
　パソコンの液晶を見つめながら、唇の端を上げて独り言ちる。
「さ、て。まずは、どっかからアドレス取んないと」
　普段使用しているメールアドレスを使う気はない。適当なプロバイダからアドレスを取って、メールを打ち始めた。
「忘れたい過去を思い出させてくれたあげく、ご丁寧に書き換えてくれたお礼、しないとね……」
　静かな部屋に、キーボードを打つ音だけが響く。
　あの日以来、僕は心から笑ったことなんかない。
　テレビに映っていた、あいつらの嘘くさい笑顔に虫唾が走る。
「腹の中では、何考えてるんだか」
　ま、それは僕も同じだけど。
「──送信、と」

差出人：Nachi
送信日：2007年12月14日（金）
宛先： K
件名： 最低の曲

新曲、聴いたよ。
メロディはともかく。
サイテーの歌詞。
あんな中学生でも書けるようなの歌ってて、
恥ずかしくないの？

送ってから、たぶん返信なんか来ないってことくらいは分かっていた。芸能界にはまったく興味ないけど、梨夢が言うにはお忙しいアイドル様みたいだから、こんな嫌がらせメールにいちいち反応していたらキリが無いだろう。
　メールを送ったのは、単なる僕の腹いせだ。
「大丈夫……忘れられる、また」
　今日だって、あの歌を聞くまでは忘れてたじゃないか。
　あの詞が他人の手に渡ってしまったことは、もう諦めよう。契約とか色々面倒なこともあるんだろうし、僕がとやかく言ったところで今更どうにかなるはずがない。
　僕にできることは、あの歌が、できるだけ売れないように願うことだけ。
　でも。
　いかにも女ウケしそうなあいつらの顔と、女子高生や梨夢の態度を目の当たりにした今となっては、それが叶いそうにない願いだってことも、分かってた。

　　　　　♪　　♪　　♪

「那智、起きて！　ご飯だって！」
　──なんなんだよ、朝っぱらから。
「今日、休みじゃん……もう少し……」
「起きないと、お母さんが来ちゃうわよ」
「……それは、困る！」
　そうか。昨日の夜遅い時間に母さんが帰ってきてたんだ

った。
　起き上がるのと同時に、梨夢に勢い良く布団を剥ぎ取られる。
「うわ、さむっ……」
　そう言えば、昨日雪降ってたんだっけ。
　冷たい空気に長袖のＴシャツ一枚じゃ耐えられなくて、ベッド脇に落ちていたジャージを着込んだ。
「早く早く！　お母さんが朝からいるのなんて珍しいんだから」
「父さんは？」
「休日出勤だって」
　両親が共働きなんて今じゃ当たり前なんだろうけど、うちの親は少し変わっている。
　通信系の企業でバリバリ仕事をしている母さんは、なんと単身赴任中だ。たぶん父さんよりも稼いでるんじゃないかと思う。
　だから普段この家にいるのは父さんと僕と梨夢の３人で、月に何度か母さんが帰ってくるという、余所ではあまり聞いたことのない状況になっている。
　父さんは世間一般同様、一人娘、つまり梨夢をめちゃめちゃ可愛がっていて、僕のことは適度に放っておいてくれるからこの生活は結構気に入ってるんだけど。
「那智ーっ！」
「げ！　母さ……う、わっ！　くるし……！」
　待ちかねたように部屋に入ってきた母さんに、思いっきり抱き締められて。
「もう！　せっかく帰ってきてるんだから、早く起きて顔

を見せてよ！」
「お母さん！　それじゃ、那智が潰れちゃうわよ！」
　梨夢の言葉で、やっとその手が緩められた。
「あら……嬉しさのあまり、ごめんね？　那智。それじゃ、２人とも早く下りてらっしゃいよ」
　要するに、世間一般同様、母さんは僕のことが可愛くて仕方ないらしい。
　バランスが取れているって言えば取れてるんだろうけど、母さんは僕が『キモイ』格好をすることを極端に嫌がるから。
　……今日は眼鏡、かけられないな。長すぎるこの髪も下手したら切られてしまうかもしれない。
　僕はゴムで前髪を縛り、母さんの言う「せっかく可愛く生んであげた」顔を久し振りに全開にした。
　リビングへ直接繋がる階段を下りながら、腕を伸ばして大きく欠伸をする。そんな僕の目を覚ますように鼻腔をくすぐるのは、フロア中を満たすコーヒーの香り。
「おはよ、母さん。あと、お帰り」
「あら、那智ったら、その前髪可愛いわねえ！」
　焼きたてのパンをテーブルに並べながら僕を見る母さんは上機嫌で、反対に梨夢は呆れ顔だ。
「……猫っかぶり」
　小さく囁かれたから、
「梨夢ほどじゃないよ」
　と、お返ししてやる。
　実際、父さんに何かねだるときの梨夢は、そのまま夜のクラブのナンバーワンになれちゃうんじゃないかってくら

い計算高く振舞う。どうせ、昨日聞いたＫＩＸのアドレスだって、そんなふうにして手に入れたに違いないんだ。
　椅子に腰掛けると目の前には、ダイニングテーブルに並べられた随分と豪勢な朝食。
「久し振りだから母さん張り切っちゃった！　２人とも、たくさん食べてね！」
「いただきまーす」
「夜は、お父さんと４人で外食しましょ」
「やったあ！　あたし、実は欲しいものがあるんだよねー。お母さん、お買い物もしようよー」
　梨夢は少し大げさなくらいに喜ぶと、母さんに向かい手を握り締めて得意のおねだり顔をしてみせた。
「でも、今夜はお父さん遅くなると思うから……じゃあ、明日、行きましょ！」
「うん！」
「……僕はパス。特に欲しいものないし」
　眼鏡なしで、梨夢と並んで歩きたくなんかないし。
「あら、那智も行きましょうよ！」
「いいよ。たまには女だけで行ってくれば？」
　僕は、にっこり笑ってカップに残っていたコーヒーを飲み干した。これ以上この話題が広がらないうちに、部屋へ戻らないと。
「じゃ、僕、学校の課題があるから部屋にいるね」
　空いたカップにコーヒーを新たに注いで、そそくさと階段へ向かった。課題なんてとっくに終わってるけど僕の学校が進学校のせいか、こう言えばたいてい納得してくれるのは経験済みだ。

第１章　最悪な出会い＊23

「あんまり、無理しなくていいんだからね？　那智」
　母さんの心配そうな声が背中に届く。
「無理なんかしてないよ。僕は大丈夫。母さんこそ仕事で無理してんじゃないの？　ゆっくり休んでよ」
　仕事好きの母さんを心配しているのは本当の気持ちだけど、自然に笑うことはすごく難しいんだ。
　僕は振り返って、もう一度笑顔をつくった。

　コーヒーを机の端に置いた後、パソコンに向かって昨日作ったばかりのメールアドレスでログインした。もう必要ないからアドレスを削除するつもりだった。
「え……」
　ログイン後の画面に表示された文字に、視線が止まる。

『新着メッセージ　1件』

　そこから視線を外すことができないまま、アイコンをクリックした。

```
差出人：K
送信日：2007年12月15日（土）
宛先：　Nachi
件名：　Re：最低の曲
```

お前、誰だよ？
あの歌詞は、俺らのファンのコが作ってくれたんだ。
すっげえ気に入ってるし、すっげえ、いい詞だよ。
ま、分かんねーやつには何言ったって無駄だろうけど。
どこでこのメルアド手に入れたのか知らねーけど、
そういう話なら他で言ってくんない？

「何これ……。こいつ、馬鹿なのかな」
　普通、誰から届いたか分かんないメールに返信とかする？　しかも、アイドル、なんだろ？
「……てか、この内容、ものすごく腹立つんですけど」
　1回メールして、それっきりで終わらせてやろうと思っていたのに。
　分かってねーのは、お前の方だっての。
　返信アイコンをクリックして、迷わず本文を打ち始めた。

差出人：Nachi
送信日：2007年12月15日（土）
宛先： K
件名： あんた、馬鹿？

散々暗い内容が続いてるのに、
最後にだけ希望を匂わせるとか、
中途半端過ぎなんだよ。
あの流れで、希望なんて持てるわけないし。
それより、こんなメールに返信してくるなんて、
あんた馬鹿じゃないの？
本当にアイドル？

『メールは送信されました』

　画面から目を離して、椅子に寄りかかった。
　今、思いついたけど。
「もしかして、このメアドってフェイクなのかな……」
　冷静に考えたら、いくら梨夢が可愛いからって一般人にアドレスなんか教えないよな、普通。ましてあんなメールに返信してくるなんて有り得ないし。
「は……、馬鹿馬鹿しい……」
　そう言えば、結局ＫＩＸってどんなグループなんだよ。
　梨夢の部屋で見たときはＴＶ画面で一瞬だったから、派手な顔と衣装が目立っているだけの印象しかなかった。
「ケイ、アイ……エックス、と」
　検索サイトで、一番先に出てきた公式ホームページを開いてみる。

　　ＫＩＸ［キックス］／結成３年目／３人組
　・栗栖　神　　 -Shin Kurisu-（Age19　182cm　59kg）
　　くりす　　しん
　・飯田　賢悟　 -Kengo Iida-（Age21　175cm　54kg）
　　いいだ　けんご
　・楠木　遥　　 -Haruka Kusunoki-（Age18　172cm　48kg）
　　くすのき　はるか
　～セクシーな歌声とクールなダンスが魅力的な彼らの新曲は、
　　ＣＤ＆ＰＶ同時リリース予定！～

　そこに映っている画像の３人組は全員が端正な顔立ちをしていて、妖しい笑みをたたえている。
　……確かにこれは、梨夢の好みかもな。
　画像を見る限りでは、こんな馬鹿なことしそうな顔して

るやつはいないけど。
「……純真なスマイル全開のアイドルとは、一線を画しているってのが売りってわけですか。……にしてもさあ」
　全員のイニシアルにKが入ってるじゃん。これじゃメールの相手が誰なのか分かんねーし。
「ま、別にいっか。削除、削除」
　気を取り直して、もう一度メール画面を開き直したのに、マウスを動かすその手が止まってしまった。
「……は？　なんだ……やっぱ、偽者？」
　この短時間でまた返信が届いている。
　アイドルがこんなに暇って、有り得ないんじゃないの。
「偽者くんも、頑張るねー……」
　コーヒーを口にしながら、届いたばかりのメールを開いた。

差出人：K
送信日：2007年12月15日（土）
宛先： Nachi
件名： Re：あんた馬鹿？

希望があっちゃダメなのかよ。
世の中斜めに見すぎ。
そういうヤツには、絶対あの詞の良さなんか、
分かんねーだろーな。

「……偽者のくせに、言ってくれるじゃん」
　あの詞の良さだって？
　お前なんかに何が分かるっていうんだ。
「あの詞には、希望なんかあっちゃだめなんだよ」
　もうメールの相手が本物だろうが偽物だろうが構うもんか。僕の八つ当たりに付き合ってもらうことにしよう。

From : Nachi
Date : 2007年12月15日（土）
To :　　K
Sub :　偽善者

何もわかってないのは、あんたの方だよ。
あれは、絶望の詞だろ。
ラストを勝手に書き換えたくせに
善人ぶって偉そうなこと、言うな。

```
From：K
Date：2007年12月15日（土）
To：　 Nachi
Sub：　Re：偽善者
```

なんの根拠があって、そういうこと言ってんの？
お前、何者？
どっかの関係者か？
このメルアド、どこから手に入れたんだよ。

「チャットじゃないっての。何、この返信の早さ」
　しかも、何者って。
　そんなのを知ってどうしようっていうんだろう。どんだけＫＩＸが好きなんだよ、この偽者くんは。
「あ、そっか……」
　梨夢が一応本人からもらったアドレスなんだから、もしかしてこいつこそ関係者なのかも。
　僕は心底馬鹿らしくなってきていた。こういうやつらは、無条件でその対象を愛しちゃってるんだろうから、何を言ったって納得するわけがない。
　メールの相手が、まるで本人みたいなことを言ってくるからついムキになっちゃったよ。
「ほんと、今更、だよな」
　あの歌は、もう世間に出てしまったんだ。
　僕は、いったい誰に何を分かってもらおうなんて思っていたんだろう。
　これ以上深追いしたら、アドレスを教えたのが梨夢だってこともバレそうだ。
　なんてったって、梨夢はあの詞の作者様ってことになってるんだし。

```
From：Nachi
Date：2007年12月15日（土）
To：　K
Sub：　お疲れ様
```

何者でも関係ないだろ。
もういいや。あんたと不毛な議論すんのも疲れた。
どうせ、誰にも分からないよ。
あんたは、これからも勝手に崇拝してればいい。
返信は、不要だから。

『メールは送信されました』

　返信を待たずに、僕はアドレスを消去した。
　どれだけ人気があるのか知らないけど、できればしばらくの間はＫＩＸという言葉を聞きたくない。
　パソコンの前から離れて、ベッドに倒れこむように寝転んだ。あの歌のせいで昨日はあまり眠れなかったから、すぐにでも寝てしまいそうだった。
「なんか……疲れた……」
　僕は目を閉じて、小さく溜息を吐いた。
　僕の詞が採用されたのって、実はすごいことなんじゃねーの？　もし過去の記憶をキレイに消すことができたのなら、もっと素直に喜べたのかもしれないけど。
　無条件に愛されるって、どんな気分なんだろ。
　なんて、たったひとりに愛されることさえも難しかった僕には想像もできなくて。
　だから、あの詞には。
「希望なんか、あるはずねーのに……」
　突然、ばたばたと階段を駆け上ってくる足音が聞こえたかと思ったら部屋のドアが開けられた。
「ちょっと、那智っ！」
「お前さあ、女のコなんだから、もう少しおしとやかにしろよ」
「そういうの、男女差別って言うのよ！　……じゃなくてっ！あんた、シンにどんなメール送ったのよっ！」
　梨夢はものすごい顔をして、ベッド脇まで詰め寄ってきた。

「は？　シン？」
「昨日、教えたアドレスの相手！　まさか、相手が誰だか知らないで送ったの⁉」
「K、だろ？」
「だから、シンがKなんだってば！　そんなことより！」
「……別に、もう送らないし。それに、あのアドレスきっと本人のじゃねーよ？」
「その本人から、あたしの携帯にメール届いてるんだけど！」
「……マジで？」
「マジでっ！」
　ほらっ、と梨夢の携帯画面がこっちに向けられる。

======================
From：K
Sub：突然ごめん
Date：2007. 12. 15. Sat.
======================
梨夢ちゃん、久しぶり。
突然ごめんな。
あのさ、誰かに俺のアド
レス教えなかった？
一応みんなに聞いてるか
ら気を悪くしないでほし
いんだけど。ちょっと新
曲のことで変なメールが
届いてさ。

======================

「この変なメールって、那智の仕業でしょ⁉」
「何、梨夢、携帯のメアドまで交換してたの?」
　てことは、パソコンの方も本物?
　だとしたらそのシンってやつ、相当馬鹿なんじゃねーの?
「話を逸らさないでよ!　お礼のメールをしたんじゃなかったの?」
「だから、もう送んねーって」
「あたし、なんて返信したらいいのよー!　那智、責任取ってよねっ!」
「なんで、僕が」
「いいっ⁉　これが原因でシンの番号とかアドレスが変わっちゃって連絡が取れなくなったら、那智のこと一生恨んでやるからっ!」
　そう言う梨夢の瞳には、うっすらと涙が浮かんでいる。
　涙だって梨夢にかかれば自由自在なのは分かっているから、僕は騙されないけれど。
「その前髪だって、寝てる間に切っちゃうからねっ!」
　この脅し文句はひどくない?
「……分かったよ」
「どうするの?」
「可愛い妹がアイドルに騙されてるんじゃないかって心配した、超シスコンの兄がメール送っちゃいました、ってことにしとけば?」
「そんなんで、大丈夫かなあ」
「なんなら、携帯勝手に見られたってことにしていいけど」
　どうせ僕がそいつらに会うことなんてないんだし。せい

ぜい大げさにシスコン振りをアピールしてやればいい。
「じゃ、それでいこ！」
「あとは、自分の部屋でやれよ」
　僕の目の前で携帯メールを打ち始めた梨夢を見て、うんざりとした口調で言ってやる。
「また返事が来たら、どうすんのよ！」
　そいつ、そんなに暇なわけ？
　こんなわがままで強気な女の、どこが気に入ったのかね、そのシンとかっていうアイドル様は。
「……なあ、なんでシンがＫなの？」
「３人の苗字がグループ名になってるの」
　そういうアイドルグループ、他にもいなかったか？
「ＫとＩはともかく、Ｘから始まる苗字って……ああ、クスノキ、ね」
「知ってるんじゃない！」
　シン……神ってことは、あの一番背の高いやつか。
　僕はさっき見たパソコンの画像を思い出していた。
　よりによって一番嫌いな顔だと思ったやつだ。一番イヤらしい表情をしてた男。
「あんな嘘くさい顔した男が、梨夢の好み？」
「ちょっと！　シンの悪口言うの、やめてよ。それに、笑った顔とか超可愛いんだから！」
　超ヤラシイの間違いじゃねーの？　とは言えずに、あっそ、とだけ答えた。
「あ！　返信来たっ！」
「どんだけ暇なんだよ」
「失礼なこと言わないで！　今、移動中なんだって。……

やだ、どうしよう」
「何」
「那智の、メルアド教えろって……」
「は？　なんで」
「そんなに心配かけてるなら、お兄さんとも仲良くなりたいって……」
「冗談！　僕は仲良くなんてなりたくないね。適当にごまかしといて……って、梨夢！　何勝手にメール打ってんだよ！」
　梨夢の手から携帯を奪おうとして失敗した僕は、危うくベッドから落ちそうになった。
「だって、シンの頼みなんだもん！」
「お前、双子の兄とアイドルとどっちが大事なんだよ！」
「そんなの、シンに決まってるでしょ」
　――ですよね。
「も……勝手にしろよ。断っておくけど、僕はお前の妄想に付き合う気はないからな」
「前髪」
「あのなあっ！　……なんか届いたら、シスコンの兄でいれば、いいんだろ！」
「ありがと！　那智、大好き！」
　満面の笑みの梨夢に強く抱き締められると、甘い香りが纏わりついた。
　栗栖　神――。
　ホント、こんな切り替えの早い女のどこが気に入ったの？

　　　　♪　　♪　　♪

　梨夢がやっと部屋からいなくなった後、僕は少し眠ってしまったみたいで、壁の時計に目をやるともう昼近い。
　机の上で何かがちかちかと光っているのがぼんやりと見えて、ベッドの上から手を伸ばした。
「あれ……？　マナーモードにはしてなかったはず……だけど、っと」
　点滅の正体は、携帯電話の通知ランプ。まだ完全に目が覚めていない頭で、スライド式のそれのサイドランプを押す。

『不在着信　1件』
『新着メール　1通』

　履歴を見ると、電話の方は知らない番号だった。
「だから鳴らなかったのか」
　メモリに入っていない電話番号は、着信拒否に設定してある。知らない番号の電話に出るなんて気持ち悪いことしたくなかった。
　もともと登録件数も少ないし、そもそも携帯電話自体があまり好きじゃないからそのことで不便を感じたことは一度もない。
　さすがにメールは不要なら削除すればいいからフリーにしてあるけど、着信のメロディは3秒くらいの設定だ。

受信箱を確認すると、やっぱり知らないアドレスが表示されている。
「イタメ、ね……削除、さく……」
　携帯のサブ画面に表示されたメールの本文を見て、僕の指の動きは止まり一気に目が覚めた。

======================
From：xxxx@xxxx.ne.jp
Sub：シスコンくんへ
Date：2007. 12. 15. Sat.
======================
この忙しい俺の電話を着信拒否って、いい度胸してるじゃん。
まさか、梨夢ちゃんのお兄様、だったとはな。
お前、シスコンとか嘘吐いてんじゃねーよ。
あのメールのどこが妹を心配してんだよ。
しかもそっこーアドレス消しやがって。完全に言い逃げじゃねーか。まだ決着ついてねーだろ。
とにかく、必ず返信よこせ。こっちは梨夢ちゃんの住所も分かってるんだからな。

======================

「梨夢、もしかして僕の携帯番号まで教えたのかよ……しかも、何最後のコレ、完全に脅しじゃん」
　梨夢に送ってきたメールと文体が違いすぎるんじゃないの？　こんな柄悪くて、本当にアイドルなのか、こいつ。
「さて、どうしようかな……」
　正直、相手にするのが面倒くさかった。
　アイドルの暇潰しになんて付き合いたくない。無視していいなら、このまま履歴から削除したいくらいだ。
　携帯を手に持ったまま、もう一度仰向けになると、前髪が視界を遮る。
「梨夢の機嫌損ねたら、本当に髪切られるだろうなー」
　そういうやつなんだ、僕の妹は。
　仕方ない、か。
「……携帯メールって、嫌いなんだよなあ」

==================
From：那智
Sub：すみませんでした
Date：2007. 12. 15. Sat.
==================
色々と、失礼なメールを
送ってしまってすみませ
んでした。
何か誤解されているよう
ですが、妹が心配だった
のは本当です。
でも大丈夫みたいですね。
これからも梨夢と仲良く
してあげてください。
あのメールの件は忘れて
いただけますか。気分を
害されると思いますので
僕のことはこれ以上気に
しないでくださって結構
です。

==================

「なんで、僕が謝らなきゃなんねーんだよ」
　不本意なメールを作成してひどく疲れた僕は、携帯を投げ出して呟いた。
　アイドルが誰にでも簡単にメールすんなよな。やっぱ、あいつ頭悪いんだ。大体、梨夢も梨夢だよ。僕が携帯嫌いなこと知ってるくせに、なんで番号まで教える必要があるっていうんだ。
　誰にもぶつけようのない苛立ちでゴロゴロとベッドの上を転がっていると、足元に転がっている携帯から聞こえてきた、３秒の着信音。
　僕は音の方向へ目をやって、枕を抱え込む。
「……ホント、勘弁してよ」
　確認しなくても送信元が分かってしまった。僕の携帯はこんなに頻繁に音をたてたりしない、静かな良いコだったのに。
　右足をずらして携帯を手元まで引き寄せる。できれば見たくない。
　携帯忘れて外出したってことには、できないかな。
「……できませんよねー」
　タイミング的に絶対に無理だもん。こいつはなんで間髪入れずに返信してくるんだよ。
　朝、移動中だったってことは仕事してんじゃねーの？
「げ……」
　嫌々開いた携帯の画面には、さっきと同じ文字。

『不在着信　１件』
『新着メール　１通』

第１章　最悪な出会い＊47

======================
From : xxxx@xxxx.ne.jp
Sub : Re : すみませんでした
Date : 2007. 12. 15. Sat.
======================
お前、なんで電話つなが
んねーんだよ！
何、あのメール。
ふざけてんの？
とにかく、次に電話出な
かったら、マジでどうな
っても知らねーよ？

======================

「なんなんだよ、こいつ……」
　梨夢のやつ、どうせ応募するならもう少しマトモなアイドルにしてくれれば良かったのに。それとも、芸能人ってのは皆こんなに横暴なのかよ。
　このメールの相手がさっきのパソコンの画面で笑っていた男だと思うと、世の騙されている大勢の女のコに同情した。
　僕、謝ったよな？
　一般人との交流なんて、あれで充分じゃねーの？
「あーっ、めんどくさいっ！　でも無視したら、また梨夢にメールとかしそうだしなあ、こいつ……」
　前髪を指先で摘んで、大きく溜息を吐いた。
　散々悪態をついてみても、僕は結局『栗栖神』という男のデータをメモリに登録するという、更に不本意な行動をとらなくてはならなかった。
　嫌々ながらもデータ保存ボタンを押して、ちらりと窓の外に目を向ける。
　まだ少し寒そうだけど、天気は良いみたいだ。
　このまま家に居たところで。
「何かあったら、また梨夢がうるさそうだし……」
　僕はのろのろとベッドから起き出し、ジャージを脱いだ。パーカーとジーンズに着替えて前髪を結び直す。
「眼鏡は……外に出てからか」
　何冊かの参考書と財布をバッグに入れ、眼鏡はパーカーのポケットに突っ込んだ。ベッドの上の携帯電話を睨んでどうするか一瞬だけ考えたけど、仕方なくそれも手に取って部屋を出た。

「ちょっと、図書館に行ってくる」
　玄関でスニーカーを履きながらそう言うと、
「お昼ご飯食べてからにしたら？」
　バスルームの方から洗濯中らしい母さんの声がする。
「ごめん。外で食べるからいいや」
「それじゃ夕飯のことは、電話するわねー。気をつけてね」
　はーい、と大人しく返事をして外に出ると、冷たく澄んだ空気で肺の中が満たされていく。鬱々とした気分がほんの少しだけ軽くなったような気がして、僕はとりあえず公園に向かうことにした。
　歩きながらゴムを外し、前髪を下ろす。眼鏡をかけると途端に視界は悪くなったけど、そのことはむしろ僕を安心させた。
　余計なものを見なくて済むならその方が楽でいい。
　途中で買ったハンバーガーとコーヒーを広げながら公園のベンチに腰掛けて、参考書を１冊取り出す。
　はじめは梨夢と違う高校に行くための手段だった勉強も、慣れれば丁度いい時間潰しになった。お陰で進学校の中でも成績だけはそこそこのラインを保てている。
　気温もだいぶ上がってきて、高い位置にある太陽と噴水のしぶきがきらきらと目の端に映る。遠くには、犬の散歩をしているらしき人。
　あんなことさえなかったら、とても穏やかな休日を過ごせたはずなのに。
　僕は前ポケットの携帯をできるだけ意識しないようにして、ハンバーガーを全部平らげた。
　しばらくその場所で時間を過ごした後、とりあえず図書

館へ行こうと立ち上がった僕を呼び止める声。
「笹本(ささもと)——？」
　できればその声音から想像できてしまった人物でないことを祈りながら、僕はゆっくりと振り向いた。
「月島(つきしま)、先輩……」
　神様、僕、何か悪いことしましたか——？
　どうして２年以上も会わずに済んでいた人に、こんな日に、こんな場所で会わなくちゃならないんだ。
「やっぱり、笹本か！　いや……随分雰囲気が変わったから、声かけるの迷ったんだけどさ……」
　迷ったんなら、声なんかかけるなよ。
　あなたは、僕に用なんかないはずだろ？
「お久しぶりです」
　一応、社交辞令で挨拶(あいさつ)だけはしたけどその姿を直視することは無理な話で、眼鏡の奥で視線を逸らした。
　それでも頭の中に浮かんでくる昔の先輩の面影を消すことができない。きっと今も僕より頭ひとつ高い位置で、相変わらず困ったような顔をして笑ってるんだろう。
「あの……僕、これから用事があるんで、これで」
　逃げるように立ち去ろうとした僕の腕が、先輩の右手に捕らわれる。
「ちょっと待って。笹本がそんなに変わっちゃったのって……おれの、せいなのか？」
　だったらどうだって言うんだよ！
　そんなことをここで蒸し返して、どうしようっていうんだ。２年以上も無関係で過ごせてたんだから、昨日までは忘れてたんだから、放っといてくれよ！

第１章　最悪な出会い＊51

たくさんの感情が心の中を駆け巡っているのに、実際はひとつも言葉にはならなかった。
「……違い、ますよ……もう、手、離してくれませんか……」
　ちくしょう。
　なんで僕の声は震えてるんだ。
　なんで掴まれたままの腕が、こんなに熱いんだよ。
「笹本、おれ、お前とちゃんと話をしなくちゃって、ずっと気になってて」
「僕は話すことなんかありませんから。ホント、もう僕のことなんて忘れてください」
　先輩の手を振りほどいて、やっとそれだけ言うことができた。
　偶然会っただけじゃないか。僕のことなんて、先輩も忘れてたんだろ？
　そんなふうにいい人ぶるのは、もうやめてくれよ。
「……那智」
「っ……やめてくださいっ！　先輩が呼びたい名前は、僕の名前じゃないでしょう！」
　まだ何か言っている先輩を振り切って、僕は駆け出した。涙が出てきそうになっている自分を認めたくなかった。
　忘れていたのに、なんで思い出させるんだ。
　僕を、梨夢の身代わりにした男。
　僕に、絶望を教えてくれた男。
　僕から、笑うことと誰かを愛することを奪った男。
「もう、会いたくなんかなかったのに……」

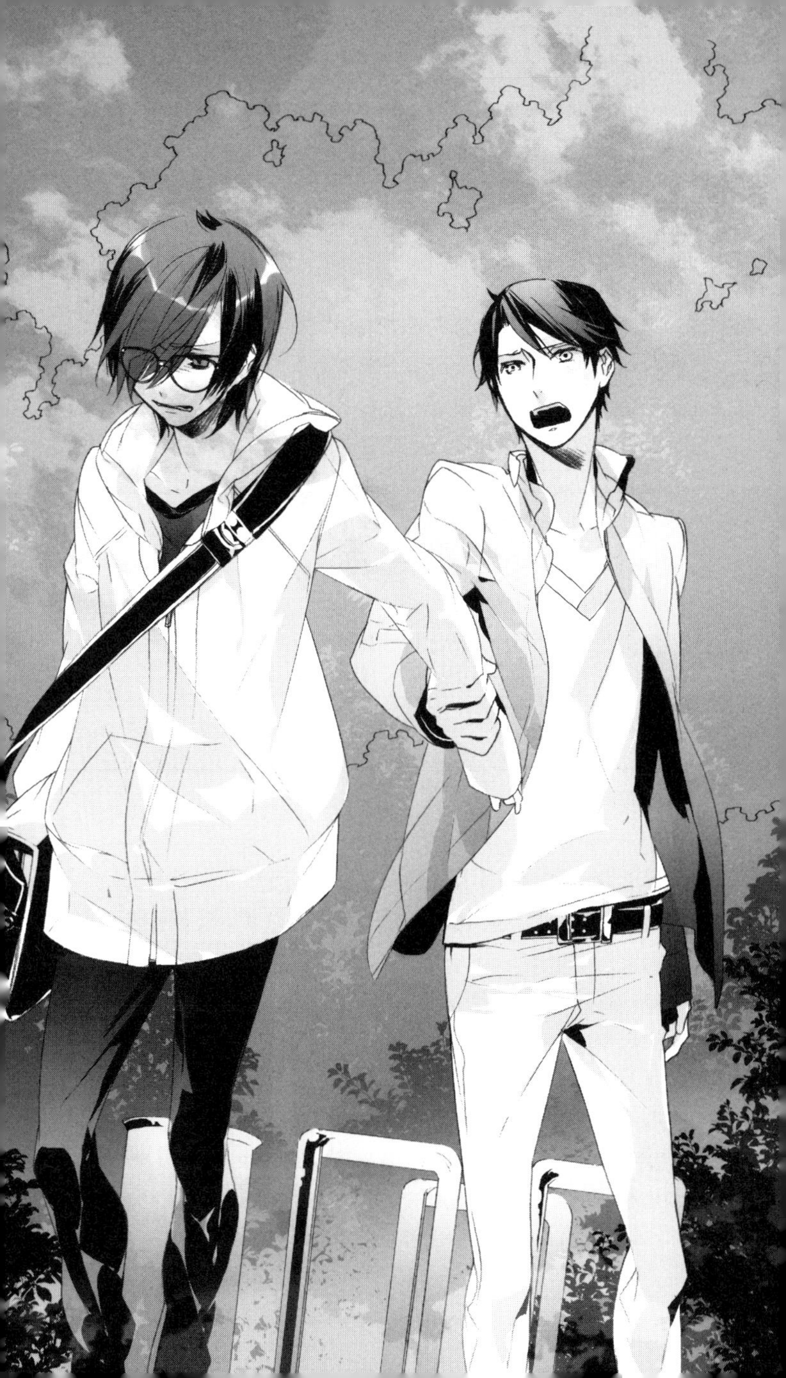

♪　　♪　　♪

　図書館に行く気分も失せて、かと言って家にも帰りたくなかった僕は、賑わう街中をあてもなく歩いていた。昨日からの出来事が全部夢だったらどんなにいいだろう。
　気分を落ち着かせるために入ろうとしたカフェ。その隣に接している音楽ショップが目に入った。正確に言うと、ショップの入口に貼ってあったポスターが、だ。
「お前らが僕の詞なんか選ばなかったら、こんなことにはならなかったのに」
　完全な八つ当たりではあったけど、今の僕は全部を誰かのせいにしていないと壊れそうだった。

　～ＫＩＸ、待望の新曲、12月25日いよいよ発売決定！予約受付中！～

　ポスターの中の３人は白を基調としたファー付きのコートみたいな衣装を身に纏って、相変わらずいけ好かない顔で微笑んでいる。
「やっぱ、こいつの笑い方ってイヤらしいよな」
　真ん中で一際目を引く妖艶な笑みでこちらを見つめている『Ｋ』を見ると、やっぱり昨日からのメールの相手は別人なんじゃないかって気分になる。
　梨夢の部屋で見た一瞬のダンスの他は静止画でしかこいつらを確認できていなかったから、柄の悪いあのメールと

目の前の整った顔のイメージがどうしても一致しない。
「——ヤバイ、ヤバイ。こんなのずっと見てたら、また怪しいやつだと思われるよ」
　ようやくカフェの方へ移動した僕のポケットから、普段ほとんど聞くことの無い音がした。鳴り続ける携帯を取り出すと、画面には『K』の文字。
「本当に、電話してきてるし……どこまで馬鹿なんだよ、こいつは」
　道行く女の人たちがちらちらと目を向けているポスターの相手から、電話が来ているこの現実を受け入れたくはなかった。
　この電話に出たいコなんて、今の僕の半径100メートル以内にきっとたくさんいるだろうに。
　——なんだって出たくない僕にかかってくるんだ。
「……はい」
　着信音が鳴り止んでくれることを期待してたけどそれは無さそうで、仕方なく携帯のスライドを動かした。
「お前、出るのおせぇよ！」
「……すいません」
　僕は今聞こえたばかりの声と、ポスターの顔を比べて大きく溜息を吐きながら謝った。
「にしても、やっと繋がったな。那智、だっけ？」
　さっそく呼び捨てですか。
「そうです。栗栖さん、ですよね。その節は本当に申し訳ありませんでした」
　抑揚の無い声でとりあえずお詫びをしながら、本日３度目の不本意だ、と内心かなり不貞腐れていた。

「あのさあ、だからなんなの？　その態度。最初に送ってきたメールと違いすぎるだろ」
「あのときは梨夢が心配だったんで、つい……とにかく、ほんと、すみませんでした」
　僕はどうにかして早くこの電話を切ろうとそればかりを考えていて、栗栖神の声に苛立ちが含まれているのに気づくのが遅れてしまった。
「お前、全然悪いと思ってねぇだろ」
「思ってますよ。栗栖さん、お忙しいんでしょう？　僕なんかにこんな時間取らなくても……」
「……そんなに早く電話切りてぇの？」
　おっと。
　思ってたほど馬鹿じゃないのかもな、こいつ。
「そうじゃなくて、栗栖さんにご迷惑がかかるって……」
「今、絶好調のアイドルと話してるんだぜ？　少しは嬉しそうな声出したら？」
　──前言撤回。やっぱ、こいつは馬鹿だ。
　世間知らずのアイドル様だと思ったから。
　僕はここまで、結構我慢してやったんだよ？
「……るせーよ」
　また梨夢に怒られるな、絶対。
「あんたみたいなやつと、これ以上話したくないんだよ」
「は？」
「メールでも送った通り、僕はあんたに分かってもらおうなんて思ってないから。あの詞も好きなように解釈して、せいぜい嘘くさい顔で歌ってろよ」
「てめぇ……」

機嫌の悪いときに電話してきた、あんたが悪いんだ。
　僕は最初に『謝ってやった』じゃないか。
「もういいだろ？　これ以上あんたの声、聞きたくない」
「そっちが那智の本性ってワケ？」
「だったら、何？　あんたには関係ないし」
「……あの詞、作ったの、お前なんだな」
　なんだよ、こいつ。
　本当に、何がしたいんだよ。
「……知らねーよ。もう発売日も決まったみたいだし、今更そんなこと聞いてどうすんの？　じゃ、もう２度と電話して来ないでくださいね、栗栖さん」
　乱暴に通話ボタンを押し、切断した。
　目の前のポスターに、この電話を投げつけてやりたかった。
「どいつもこいつも……」
　なんで僕を放っておいてくれないんだ。

　何も望んでない。
　何も期待なんかしてないから。
　そっとしておいてよ──。

第 2 章
偶像と化けの皮

「なーち！　お買い物行こ！」
「……だから、今日は日曜日だろ」
　昨日の外食の最中に急なトラブルが発生したらしく、母さんは単身赴任先へと戻ってしまった。
　一緒に買い物に行く予定が守られないことを悪く思った母さんから、梨夢の手には潤沢な資金が渡されていたはずだ。
「外、すっごく良い天気だよー！」
　僕の言うことなんかまったく耳に入らない様子で、頼んでもいないのに部屋のカーテンが開けられる。その眩しい光の攻撃から身を守るように、僕は布団の中にもぐり込んだ。
「買い物なんか、ひとりで行ってこいよ……」
「誰が荷物持つのよっ！」
　昨日に引き続き、またしても梨夢に布団が剥ぎ取られてしまう。いくら天気が良くたって、寒いのには変わりない。
「あのなあ……」
　僕は、昨日もちゃんと眠れなかったんだよ！　お前にもその責任はあるんだからな！
　っていうより、梨夢が一番悪いんだろ！
　——って言えたらなあ……。
　僕を見下ろす梨夢の表情は完全に女王様のそれになっていて、逆らったらペン立てに入っているハサミですぐにでも髪を切られそうだった。
「……梨夢なら、荷物持ちの男なんて何人でも呼べるだろ？」
　それでも諦めきれずに布団を引っ張りながら言ってみて

も、
「いるけど、今日は那智と行きたいんだもん」
　さらっと返されてしまい、僕の抵抗の手段はなくなった。
「……分かったよ。準備するから、下で待ってて」
「早くね！」
「はいはい……」
　何が、那智と行きたいんだもん、だよ。どうせ荷物持ち候補に連絡つかなかったんだろ。
　携帯に目をやりながら、クローゼットを開けて適当な服をベッドに放り投げる。
　僕のクローゼットの中身のほとんどは母さんや梨夢が勝手に購入してきたものだ。
　僕の服選びがいい加減過ぎるせいで、どういう組み合わせでも大丈夫なように揃えてくれているらしい。ブランド物も多いみたいだけど、興味ないからいちいち調べたことはない。
　栗栖神からの電話やメールは、あれ以降来てはいなかった。
　僕の言葉によっぽど腹が立ったんだろう。あの作られた顔が怒りに震えていたかと思うと、いっそ清々しい気分だ。
　平穏な日常に投げられた小さな石の波紋は、もう消えた。また今日からは静かに過ごせる。
　濃いグレーの長袖Tシャツに黒のジャケット、ジーンズという格好になった僕は、眼鏡を持って階下へと移動した。
「那智、前髪少しはセットしたら？」
「やなこった。なんで梨夢と出かけるのに、わざわざそんなことしなきゃなんねーんだよ」

「あたしとデートできるなんて、他の男が聞いたら超羨ましがるわよ！　光栄に思ってくれなくちゃ」
　……荷物持ち、だろ。
「父さんはまだ寝てんのか？」
「うん。昨日も仕事だったし、疲れてるみたいだから起こさなかった」
　父さんに向けられるその優しさの半分でいいのに、どうして僕に向けてはくれないのかな。
「じゃあ、とっとと行って、とっとと帰ってこよう」
「……ウソ⁉　その眼鏡もしていくの⁉」
「イヤなら、ひとりで行けよ」
「別に、いいけどさぁ。那智、自分の顔嫌なの？　前はもっと普通だったじゃない」
「どうでもいいだけ。ほら、早く靴履けって」
　何故かいつもより２センチは短いスカート姿の梨夢がロングブーツを履くと、同じ身長である僕よりも５センチは高くなる。
「那智、背、伸びないね」
「梨夢……お前、喧嘩売ってんの？」
　169センチってすごく微妙な数字だよな。男の僕にとっては少し足りないのに、女の梨夢にとっては理想のプロポーションを作り上げる材料になってしまう。
「ううん。変なトコで双子だなーって思って」
　本当に、似なくていいとこばかりそっくりだよ、僕たちは。

§ § §

「……なあ、こんなとこに本当に買い物できるような店、あんの?」
　梨夢の行動に特に疑問も抱かずについては来たけど……どこだよ、ここ。
　いつも梨夢が行くはずの百貨店ではなく、大きな倉庫が並んでいる場所に、僕は立っていた。
「う、うん!　もう少し行った先に、アウトレットのお店ができたんだー」
「ふーん」
　こんなところにショップって、立地条件にだいぶ問題あるんじゃねーの?　買い物客どころか人影も見えないんだけど。
「あ、一応、人いるん……」
　奥の倉庫の入口付近に、何人かの人影が見えた。
　見えたけど。
「梨夢、あれ、警備員に見えんのは僕だけ?」
「……コスプレじゃないの?」
　どう見ても50代だろ、あの人たち。
「……お前、何企んでるんだよ」
　ここまできて、やっと僕は梨夢の目的がどうやら買い物じゃないらしいってことに気がついた。
「何も企んでなんかないってば!　もう少しだから!」
「僕、帰る」
　ものすごく、嫌な予感がする。

「……帰れるの？　那智、ここまでどうやって来たかなんて、覚えてないでしょ？」
　向きを変えて戻ろうとしている僕に、梨夢は悪魔のような顔で微笑み、言葉を続けた。
「方向オンチ、だもんね？」
　だから、ここに来るまでにあんなに何度も角を曲がったのか。朝、僕を起こしたところから全部計画してたんだな。
　梨夢を睨みつけてみても僕にはどうすることもできなかった。
　確かに、帰り道なんて覚えちゃいなかったから。
「……梨夢ちゃん！」
　一番奥の倉庫の方から、梨夢の名を叫びながら背の高い男が走ってくる。その顔が確認できるくらいの距離まで近づいてきたとき、僕はそいつと梨夢に背中を向けて逃げ出した。
　──冗談じゃない！
「なんだって、こんなことに、なってるん、だ、よ……っ」
　息を切らしながら方向感覚なんてまるでないまま、とにかく走り続けた。
　栗栖神だ。
　昨日、ポスターの中で笑っていた男だ。
「アイドルなんかに、こんな……っ、簡単に、会える状況って、おかしいだ、ろ！」
「……なあにが、おかしいって？」
　すぐ後ろから声が聞こえたかと思ったら振り向く前に首に腕が巻きついて、僕はその場に繋ぎ止められてしまった。

「やっと、会えたな」
　耳元で囁く声の主。
「は、っ……」
　息を整えることに精一杯で、言い返すことができない。
「なんで、逃げんの？」
「……は、あ……っ、なんで、あんたにっ……」
　会う必要があるんだよ。
　やっと、って。
　僕たちがお互いの存在を確認したのは昨日のことじゃないか。
　絡まっていた腕がようやく外されて、僕たちは初めて顔を向き合わせた。
　間近で見る『K』の顔は今までの静止画なんか比べ物にならないくらいに整っていて、思わず息を呑む。
　悔しいけど、黙ってさえいれば確かに芸能人だよなあ。
　この状況にまるでふさわしくないことを考えていた僕の顔をまじまじと確認していた『K』が、ようやく言葉を発した。
「お前、本当に梨夢ちゃんの兄貴……？」
「何がだよ」
「双子じゃなかったのか？」
「だから、何が！」
「あの梨夢ちゃんの双子の片割れっつったら、もっとイイ男だと思うに決まってんだろ」
「は……、そりゃ、ご期待にそえなくてすみませんでしたね」
　僕の顔を確認するためだけに、梨夢まで使ってこんなところに連れてきたのかよ。どこまで俺様なやつなんだ。

「……あんた、友達まで顔で選んでんの？」
「選んでるつもりはねえけど、顔のイイやつが多いかもな」
「あっそ……」
　ま、そういう業界の住人だもんな。
　なら、もう気が済んだだろ？
「残念だけど、そういうことなら僕はあんたとは友達になれそうにないね」
　なりたくもないけど。
「その、ぜんっぜん残念に思ってねえお前の顔、ほんっと腹立つんだよな」
「だから！　もう、関わらないって何度も言ってるだろ！」
「——まぁ、たまには毛色の違うやつも、面白いか」
「は？」
「このまま、撮影見ていけよ」
　僕の意見を完全に無視して話を進める『K』が、いったい何をしたいのかさっぱり理解できなかった。
「あのさあ、僕、あんたみたいなやつ大っ嫌いなんだ」
「……梨夢ちゃんて、可愛いよな」
　さっきから、話が飛び過ぎなんだけど。
「僕の話、聞いてん……」
「もし俺と噂になったとして」
　ウワサ？
　どうぞご自由に。梨夢のことが気に入ってんなら、僕に構わなくてもいいだろ。
「その相手に双子の兄貴がいたら、ちょっと面白いだろうな」
「な……」

「取材、殺到すんだろうなぁ。俺、人気者だし？」
「──あんたんとこの事務所、厳しいんだろ、そういうの」
　今日ここへ来るまでに散々聞かされたＫＩＸの話題の中で、梨夢がそんなことを言ってた気がする。マスメディアへの規制はすごく厳しい事務所だって。
「俺を嫌ってるやつのために、わざわざ庇ってやる必要なんかねぇだろ？」
　どういう脅しなんだ、それ。
「そこまでして──何が望みなんだよ」
「別に……もう少しお前を知りてぇだけ」
　だめだ。
　ここじゃ僕の分が悪過ぎる。とりあえず、この場だけ従っとけばいいか。
「……わかった。あんたの言うとおりにするよ」
　こいつに関わると不本意なことが増える一方だ。
「じゃ、行くか……やべ！　休憩時間終わるし！　どうすんだよ！」
　そんなことまで僕のせいかよっ!?
　腕時計を確認して慌てている『Ｋ』に、方向オンチの僕がしてやれることなんて何ひとつない。
　理不尽なことをまくし立てるアイドル様から顔を背けると、向こうから近づいてくる２つの影に気づいた。
「シン！　何やってんだよ、お前」
「休憩終わっちゃうよ？」
　……その端正な顔立ちから察するに、『Ｉ』と『Ｘ』のお出ましですか。
　こんなのが更に２人も増えるのかと思うと、くらくらし

てくる。
「シン？　誰だよ、そいつ？」
　訝しげな顔でそう発言したのは『I』、飯田賢悟、だったっけ。カッコいいけど、気の強そうな顔。
「あー、梨夢ちゃんの兄貴の那智」
「君が、那智くん？」
　こっちは『X』で、楠木遥、だよな。随分と色素薄い人だなあ。女のコみたいだ。
　どうでもいいけど2人とも、気の毒そうな表情で僕の顔を見るの、やめてくんねーかな。そのお綺麗な造りでそんなふうに見られたら、普通は傷つくっての。
　わざと！　梨夢とは似ないようにしてるんだよ！
「初めまして……」
　そんでもって、なんで僕は挨拶なんかしちゃってんだ。
「初めまして。オレは楠木遥」
「俺、飯田賢悟な。賢悟でいいぜ」
「は、あ……」
　なんて答えればいいのか分からずにいる僕を見て、『X』が、ふふ、と笑った。
「なんか珍しいね。オレたちを見てここまで無反応なのって」
「そーですか……すいません」
　すぐにサインでもねだってやれば、満足すんのかよ。
「あ、誤解しないでね。むしろ特別な目で見られないのって久しぶりだから嬉しくてさ。オレのことも、遥でいいから」
　あれ。

この人、割とマトモそう。
「……っぷ！　普通そうで良かった、ってカオ、してるよ？」
「あ、いえ……！」
「あははっ！　シン、お前、どういう話してたんだよ！」
　大きく口を開けて笑う『Ｉ』も、結構いいやつそうだし。
「単なる、世間話だよなあ？　那智」
「はは……」
　苦笑いするほかに、僕に何ができるっていうんだ。
　ああいうのは世間話じゃなくて、脅迫って言うんだよ。
　……今、分かった。
　芸能人が偉そうなんじゃなくて、栗栖神、あんただけが横暴なんだってことが。
「シン、こう見えて結構おバカだからさ。嫌なこととかあったらいつでもオレたちに話してね？」
「そうそう」
「お前らなあっ！」
　遥の笑顔は天使みたいで今すぐにでも助けを求めたかったけど、撮影スタッフらしき人の３人を呼ぶ声が聞こえて、まずは現場へ戻ることが最優先となった。
　もちろん、僕も連行されて。

♪　　♪　　♪

　この倉庫の正体は、撮影用のスタジオだった。
　３人の後を、まるで捕虜みたいに下を向いてスタジオに

入った僕に、梨夢が駆け寄ってくる。
「那智、無事だったのね！　良かったあ」
　全然無事なんかじゃないっての。
「やっさしいよなぁ、梨夢ちゃんは」
　シンがさっきとは別人みたいな表情で微笑むと、梨夢は頬をうっすらと赤らめた。
「そんなこと！　たったひとりの双子の兄ですもん」
　なんだよ、その芝居がかったセリフは！
　そのたったひとりの兄が、今こんな状況になってるのは誰のせいなんだ！
「お前のスカートが短いはずだよな……」
「……だって！」
　３人がばたばたと撮影の作業に入ったから、やっと梨夢と２人で話ができる。隅に置かれた椅子に座った僕は、小声で捲くし立てた。
「何考えてんだよ、お前は！　会いたいなら、ひとりで来ればいいだろ！」
「シンが、どうしても那智に会いたいって言うんだもん。そしたら、あたしも会えるし」
「……あいつ、お前のこと気に入ってるみたいじゃん。僕なんか連れてこなくても、大丈夫だろ」
「ねえ……なんで、そんなに怒ってんの？」
　そう言う梨夢が本当に不思議そうな顔をしていたから、逆に僕の方が戸惑った。
「なんでって……」
「昨日、電話で仲良くなったんでしょ？　シンと」
「は、あっ!?」

……そういうことかよ。
　つまり、梨夢のことも騙してたってわけだ。
「違うの？　シンが、那智はこういうところだって教えたらきっと来てくれないだろうから、内緒にしてって……」
「もう、いいよ」
　ここまで周到に根回しされているとは思っていなかった。僕はシンを甘く見過ぎていたらしい。
「そ？　じゃ、あたしもう少し前の方で観てくるから！」
　僕をひとりその場に残し、優しいはずの妹はあっという間にスタッフが大勢いる方へ行ってしまった。
「マジ……、帰りたい」
　でも、ここがどこなのか分からないこの状態じゃタクシーを呼ぶこともできやしない。
　目の前に広がっている光景は、昨日までは明らかに別世界の出来事のはずだった。少なくとも、僕がいるべき場所じゃないはずだ。
「――せっかく来たのに、撮影見なくていいの？」
　がっくりと肩を落として座っていた僕に、話しかけてきた人がいる。
　顔をあげるのも面倒で、僕はその体勢のまま小さな声で答えた。
「……興味、ないんで」
「珍しいわねえ。一般人がこんなところに入れるなんて、稀なのよ？　興味ないなら、なぜここにいるの？」
「ホント、なぜ、なんでしょうね……僕が知りたいくらいですよ」
　会話が続いてしまったので仕方なくその人に顔を向けた

僕は、そのまま固まってしまった。
「うふふ。キミ、面白いコねえ。名前は？」
　確かにちょっとハスキーな声だとは思ったけど、この人の話し方、女の人だったよね？
　メイクも、ばっちりされてはいる。
　でも、どう頑張ってみても……男にしか見えませんが。
「やだ！　アタシみたいなの、そんなに珍しいのかしら」
　普通に生活していれば、あんまり出会う機会はないでしょうね。僕、一般人なんで。
　そんなふうに、僕の心の中では会話は繋がっていたけれど、実際は一言も発言できてない。
「よく見れば、キミ、肌、きれいねえ。その野暮ったい眼鏡、取っちゃいなさいよ」
「えっ、いや、これは、その」
　眼鏡に手をかけられそうになって、椅子に座ったまま慌てて後ずさりする。
「——桜さん、そいつ俺のダチなんで、襲わないでくださいよ」
　いつの間にか撮影を終えていたらしいシンが、愉快そうに笑いながらも桜さんという人の動きを止めてくれた。
「失礼ね、襲ってなんかないわよ」
「那智もそんなに怯えなくても、取って食われたりしねぇからさ」
　いや、取って食われるかと思ったし。
「那智っていうの？　いい名前ね。アタシ、ビューティ・ディレクターの桜庭豪。さくらって呼んでね？」
「え？　でも、名前……」

さくらば、ごうって言ったよね？
「さくら、よ！　キミは、なっちゃんね！」
「……ハイ」
　有無を言わせぬ桜さんのその迫力で、僕はまた少し後ろに下がってしまう。
「にしても、友達とはいえシンが現場に連れてくるなんて、どういう風の吹き回し？」
「そいつ、梨夢ちゃんの兄貴なんですよ」
「あぁ、あの公募した歌詞のコ」
「俺、結構気に入ってるんで」
　意味ありげに僕に目線を落としながらそう言ったシンの背中を、桜さんが軽く叩く。
「シン、あんまり女のコ泣かすんじゃないわよ？」
「泣かせたりしませんよ、桜さんこそ失礼だなあ」
　女のコじゃなくても、僕は泣きそうだよ。
「お兄さんか。なーんだ。アタシはてっきり、新しくメンバーに加えるコなのかと思ったわ」
「桜さん、どういう目してんですか」
　桜さんの台詞に、シンは本気で驚いている。
　その発言、すっごく僕に対して失礼だってこと分かってないよな、絶対。
「少なくとも、シンよりは確かな目を持ってるわよ！　でも……なっちゃん、なんか色々抱えてそうだから今日は許してあげる」
　何を許してもらえたのか分からなかったけど、桜さんは投げキッスをして、現場の方へ戻って行った。
「……もう、帰りたいんだけど」

さっきまで梨夢が座っていた椅子に腰掛けたシンに、言うだけは言ってみる。
「帰さねぇよ」
「……シンは、何が目的なんだよ」
「お、やっと俺の名前呼んだな」
　また、答えになってないし。
　呼び方なんてどうだっていいだろ。なんなら『様』もつけてやろうか？
「目的は、何」
　不貞腐れた声で、もう一度訊いた。
「あの詞さあ、書き換えたの、俺なんだよね」
「……ふーん」
「ふーん、って。反応薄いやつ。メールで、あれは絶望の詞だって怒ってたくせに」
「好きにしろ、とも言ったはずだけど」
「まあ、ぶっちゃけ、もう今更どうにもできねぇんだけどさ」
　そんなこと、分かってるよ。
「ただ、あの歌の曲も俺が作ったから、作詞家の意見と大幅に違うできってのが、プロとして納得できねぇし」
「……あれは、梨夢が応募したんだ。梨夢がそれでいいって言うなら、別にいいんじゃないの」
　突然、そんな真剣な顔してプロとしてのプライドとか持ち出されても、僕だって困るよ。
「まぁだ、んなこと言ってんのかよ。あの明るい梨夢ちゃんのどこに絶望があるっての？」
「何？　僕になら、ありそうだって？」
　言いながら、思わず苦笑してしまった。

今日会ったばかりのシンに、僕のことが分かるはずないじゃないか。
「俺、はじめは、素人に歌作らせる企画なんか反対したんだ」
「是非、そうしていただきたかったね」
「でもファンサービスの一環だとか言われて……だから、あの詞が届いたとき、すげぇ感動したんだぜ。俺らのファンの中に、こんなに文才あるやつがいんのかって」
「だから？　お礼でも言えっての？」
「ただ、ちょっと暗過ぎたからさ……アイドルがそんな歌を歌うわけにはいかねぇだろ？」
　ちらりとこちらを見たシンは、まるで僕に許しを請うような表情を浮かべている。
「一応、ダメモトで梨夢ちゃんに歌詞変えてもいいか訊いてもらったら、二つ返事でＯＫだって言うからびっくりしたし」
「だから、もう、いいって……」
「ＰＶ撮影で会った梨夢ちゃんは、詞のイメージとかけ離れてるし」
「あいつは……梨夢は、裏表激しいんだよ」
　兄としては若干問題のある発言だったかもしれないけど、これくらい言ったっていいだろ。実際切り替え早い上に、梨夢には散々な目に遭わされてるんだから。
「お前からメールが来たとき、やっぱりな、って思った」
「あれは……謝ったじゃん」
「そうじゃなくて、やっぱり別のコだったのかって納得できたってこと」
　淡々と話すシンの口調から、もうごまかせないことを悟

った僕は、諦めたように床に向かって大きく息を吐いた。
「分かったよ……」
「何が」
「あれは、僕が作ったんだ。大人気グループのアイドルに歌ってもらえるなんて光栄だよ——これで、いいんだろ？」
「だから、どうしてお前はそう、ひねくれた話し方すんだよ！」
　眉間にしわを寄せたシンは、呆(あき)れたように僕の肩に拳(こぶし)で触れた。
「あの詞のことだって、自分で作ったくせに中学生みたいとか言うし」
「しょうがないだろ、あれ書いたの僕が中学のときなんだから」
「……え!?　それ、マジで……？」
「なんだよ、その顔」
　信じられないものを見ている、といったふうに口を開けたままのシンに向かって訊いたら、
「那智、お前、頭いいだろ」
　と、また的外れな答えが返ってきた。
「……少なくとも、あんたよりはいいと思うよ」
「お前なあ」
「とにかく、納得しただろ。だからもう帰してよ」
　椅子から立ってそう言うと、シンも立ち上がって僕を見下ろしながら、目を細めてにやりと笑った。
　その顔、ほんと、イヤらしいからやめろよ。
「那智が、俺のことかっこいいと思ったら、帰してやるよ」
「は？　意味分かんねー。それじゃ、一生帰れないっての」

「俺、ここまでスルーされんの、男が相手でも初めてなんだよね」
　僕の肩に両腕を伸ばしたシンは、明らかに『仕事用』の作った顔を上から近付けてきた。
「なんだよ」
　近寄んなよ、眼鏡が曇るだろ。
「だから、すげぇ那智のことが気になってるわけ」
「あんたが気になってんのは梨夢じゃなかったのかよ」
　その腕から逃れようとしたら、余計に力が込められる。
「もちろん、梨夢ちゃんのことは可愛いと思ってるよ？」
「……顔、近過ぎ」
「このまま、ちゅーしちゃう？」
　薄く開いた唇の端から少しだけのぞいている舌先が、厭(いや)らしく動いた。
「やだ。あんた自己中で下手そうだから」
「な……っ！」
　僕の言葉にシンが目を見開いて何か言おうとしたとき、遥の笑い声が割って入ってきた。
「っくく……！　おっかしー！　シンのお色気攻撃も、那智くんには通じないみたいだね」
「んだよ、遥！　邪魔すんな！」
「だってさぁ、このままだとシンのプライドが粉々になっちゃいそうだったから……ぷ、はは！」
　笑いが止まらない様子の遥がシンの腕を取ってくれたおかげで、僕はようやく解放された。
「こんなダセェやつに、なんで俺が」
「そうでもないんじゃない？　那智くんの着てる服って、

結構な代物だよねえ」
　……そうなの？　僕は知らないけど。
　ジャケットの端を持ってどこのブランドなのか考えてみても、購入者じゃない僕に分かるはずもない。
「あー、それは、俺も思った。服がもったいねえよな」
「シン！　失礼なこと言わないの。それに、オレは、そうは思わないよ？」
「遥も桜さんも、視力検査行ってこいよ」
「そんなことより、もうすぐ撮影、シンの番だから」
「ん——那智、ちゃんと見とけよな」
　シンは僕をひと睨みした後、大きく伸びをしながらセットが組まれてある方へ歩いて行った。
　再びその場に残されることになった僕は、もう一度椅子に座り直して頭を抱えた。
　もしかして、この撮影が終了するまで帰れないのかよ……。
　隣の椅子には、僕にとって本日３人目のお客様となる遥がいる。
「本当に、変わってるね、那智くんって」
「それ……喜んだ方が、いいですか？」
　遥の言葉に悪意がないのは分かっているけど、変わっていると言われて素直に受け取れるやつがいる？
「ぷっ！　うん！　喜んでいいよ！」
　僕の皮肉めいた口調なんて意にも介さない様子で、遥はまた笑い出した。
「僕じゃなくて、あいつ……シン、さん、の方がよっぽど変わってると思いますけど」
「いいよ、敬語なんか。シンは俺様な性格だからねー。最

初はその辺が可愛かったからさぁ、少し甘やかし過ぎちゃったんだ」
　あの男が可愛い？
　甚だ疑問だったけど、まあ、個人の見解にとやかく言うつもりはない。
　だけど。
　その甘やかしすぎたツケが、どうして今日会ったばかりの僕にまわってきてるんだよ！
「シンがこんなに誰かに執着するなんて、本当に珍しいんだよ？」
「……あんまり、嬉しくない」
　本当は、嬉しくないどころか迷惑極まりない話だったけど、シンの仲間である遥にそう言うのはさすがに気が引けた。
「そんな顔しないで！　あいつが暴走し過ぎないようにオレたちも気をつけるからさ。それに、オレも那智くんと仲良くなりたいし、あんまり嫌わないでやってよ──ね？」
　首を傾げて、梨夢顔負けの可愛らしい笑顔でお願いされたって、うん、なんて言えるはずがないじゃないか。
「……この撮影って、いったいなんの仕事？」
　僕は返事の代わりに、当たり障りのない質問をした。
　改めて倉庫を見渡すと、何に使うのか想像もできない機材やら何やらが、あちらこちらに無造作に置かれている。
　なんか、学園祭のステージの舞台裏みたいだな。
　中学時代の、先輩との学園祭を思い出しそうになった僕は、慌てて目をぎゅっと瞑った。昨日から、忘れていたはずのことばかりが頭に浮かんでくる。

全体的に仄暗い中で、今シンがいる辺りだけがライトで皓々と照らされていて、その周辺では結構な人数のスタッフが忙しそうに動いていた。
「携帯の新機種のＣＦだよ。このキャリア、前シリーズからオレたちなんだけど見たことない？」
「……ごめん」
「あはは！　謝らないでよ！　那智くんはそういうのに興味なさそうだもんね」
　遥は、これ、と言いながら、撮影に使用したらしい真新しい携帯電話を見せてくれる。
　僕は何気なく手にとって、それにプリントされた携帯電話会社のロゴに気づいて眉を顰めた。
「……最悪」
　遥に聞こえないように小さく呟く。
　よりによって、母さんの勤めてる会社のじゃん、これ。
　──梨夢、余計なこと言うなよ！
　僕は、シンの撮影の様子を目をハートにして見つめているに違いない妹の背中に視線を送った。
「撮影って、何時くらいまでかかるもんなの？」
「うーん、今日は２日目だから、夕方くらいには終われると思うけど」
「夕方!?　そんなにかかんの!?」
　まだ、昼にもなってない。そんなに長い時間こんなとこにいなきゃなんないのかよ！
　ＣＭって、長くても30秒くらいのもんじゃねーの!?
「帰りたいの？」
「帰りたい！」

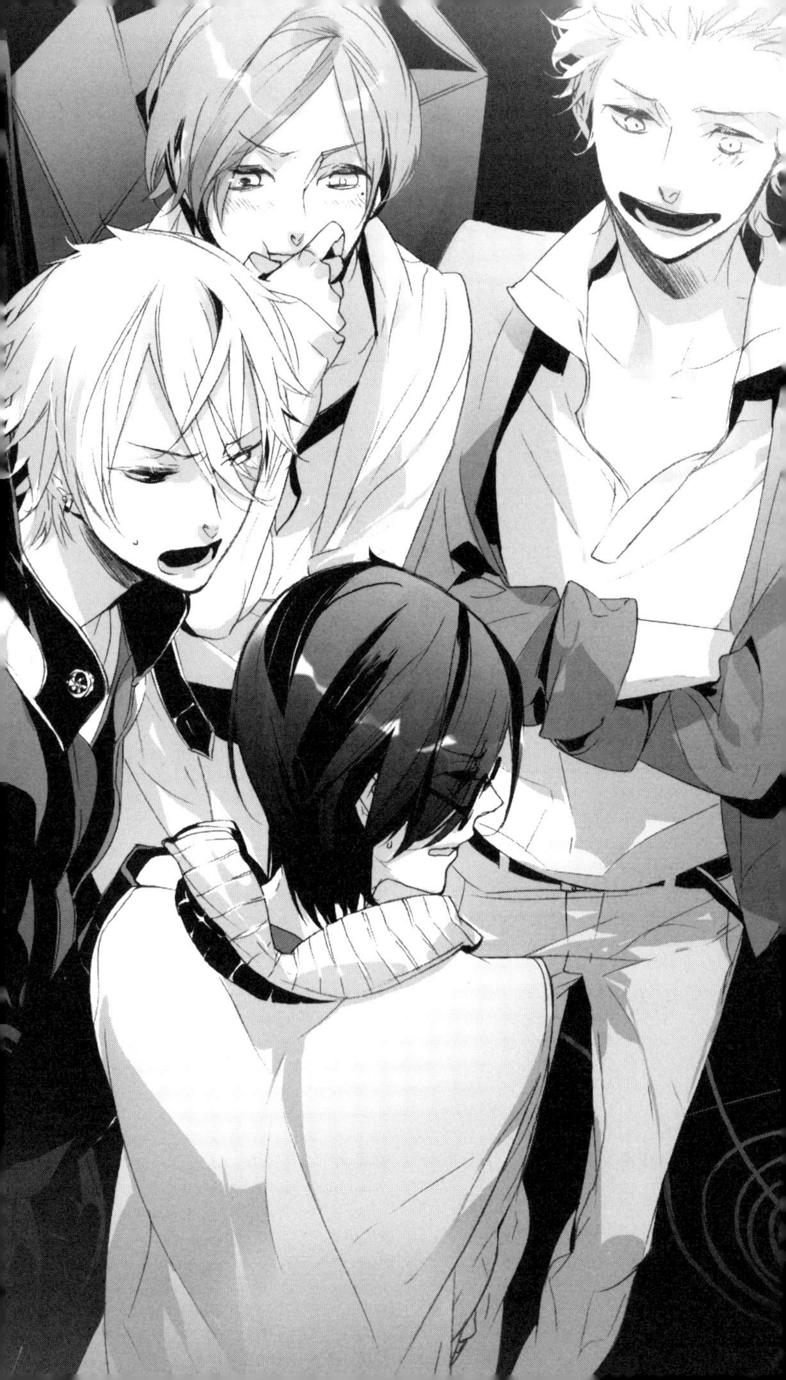

困ったような顔をして訊いてきた遥に、即答する。
　そもそも、僕はここに来たくて来たんじゃない。
　そんなことを訊くから帰してくれるのかと期待して遥を見ると、遥は泣きそうな顔になっていた。
「那智くん、そんなにオレたちのこと、嫌いなの……？」
「いや、嫌いなのは、遥じゃなくて……」
「――じゃ、誰だよ」
　……また来たのか。
　今度は梨夢と賢悟まで一緒だし。
「……本人を目の前にして言えるかよ」
「お前、それ言ってんのと同じだから」
　顔をひくつかせているシンを見て、遥と賢悟は笑いを噛み殺して肩を揺らしている。
「那智も、もっと前の方で見れば良かったのにー！　シン、超かっこ良かったんだよ！」
「サンキュー、梨夢ちゃん！　ったく、妹は素直で可愛いコなのに、どうして兄貴はこんなにひねくれちゃったかね」
　梨夢の言葉で機嫌を取り戻したらしいシンは、僕を横目で睨みつけた。
「はいはい、かっこ良かったですよ、とっても」
「完全棒読みだろ、それ！　撮影見てもいねぇくせに、白々しいんだよ」
「その撮影はどうしたんだよ。こんなとこに何度も来なくていいから、仕事したら？」
「休憩時間なの！　サボってるわけじゃねぇっつの」
　休憩でも、来なくていいっての。

「なあ、なんか飲み物でも買ってこようぜ。ついでに外の空気吸いたいし」
　笑い過ぎて涙まで出ている賢悟が、言い争っている僕たちに声をかけた。
　賢悟の提案に従って外に出ると、12月とは思えないくらいに暖かい。自動販売機からコーヒーを買って、外壁に寄りかかり大きく息を吸った。
　こんなに良い天気の日曜日に、なんだってこんな場所でコーヒー飲んでんだ、僕は。
「那智くん、眼鏡汚れてるよ。あの中、結構埃(ほこり)っぽいからね」
　遥が隣に来て、笑いながらタオルを手渡してくれる。
　確かに僕の眼鏡は埃まみれになっていたけど。
　……外では、外したくないんだよなぁ。でもここで拒否したら、また泣きそうな顔されそうだし。
　他の３人が少し離れたところで楽しそうに話しているのを確認してから、僕はできるだけ前髪を落として眼鏡を外し、さっさと拭いた。
「ありがと、遥」
　眼鏡をかけ直してタオルを返すと、遥が不思議そうな顔をして、じっと僕を眺めている。
「……那智くん、なんでコンタクトにしないの？」
「え？」
　伊達眼鏡だから、とは言えないよな。
「やっぱり……すごくキレイな顔してる」
「は？　気のせいだよ。それに、遥にそんなこと言われても嫌味にしか聞こえないって！」
「そんなことないよ！　オレ、今メイクしてるし。那智くん、

第２章　偶像と化けの皮＊83

すっぴんでしょ？」
　普通の男子高校生は、大概すっぴんだろ。
「着てる服だってイイし。ちゃんとしたら、きっとすごくモテると思うよ」
「服は、梨夢とか母さんの好みだからさ、僕そういうのよく分かんないんだ。それに、男子校でモテても仕方ないだろ？」
　さっきの桜さんといい、遥といい、どうして僕の外見にこんなに興味を示すんだ。普段は注目されるどころか、せいぜい『キモイ』って言われるのが関の山なのに。
「……なんか、隠してるね」
　目を細めて全てを見透かすように僕を見つめる遥の顔は、さっきまでの天使みたいなそれとは全然違っていた。
「ま、いっか。長い付き合いになりそうだし、ゆっくり暴いていけば」
　またコロリと表情を変えて、にっこりと微笑む天使に戻った遥の言葉に、一瞬寒気が走る。
　もしかして、遥って梨夢よりタチ悪いんじゃ……。
　ますます帰りたくなった僕は遥から少し離れた場所に移動して、会話が弾んでいる様子の梨夢を強引に呼び寄せた。
「もう！　せっかくシンとおしゃべりしてるのに邪魔しないでよね」
「いつまでここにいるんだよ」
「終わるまでに決まってるでしょ！　こんなこと滅多に経験できないのよっ！」
「じゃあさ、僕を先に帰してくれるようにシンに頼んでくんない？」

梨夢に借りを作るのはまったくもって気が進まないけど、この際仕方ないよな。
「なんで？　なんか予定でもあるの？」
　きょとんとしている梨夢は、僕を騙してここへ連れてきたことなんてすっかり忘れているふうだった。
「なんでも！　理由なんか適当に言えよ！　それに、梨夢だって僕がいない方がシンといっぱい話せるだろ？」
「……それもそうかもね。ちょっと待ってて」
　やっぱり僕よりシンなんだな、お前は。
　生まれた瞬間から17年も一緒に過ごしているのに、なんて薄情な妹なんだ。
「……なんだよ、帰さねぇって言っただろ？」
　みんなが僕の周りに集まってきて、シンが開口一番そう言った。
「シン！　仕方ないでしょ、那智くん学校の課題があるっていうんだし」
　なるほど。
　梨夢にしてはうまい言い訳考えたじゃん。
「そうそう。進学校なんだろ？　那智の学校。シンみたいになんないように、頑張んねえとなあ」
「賢悟に言われたくねぇし！」
　シンは賢悟の足に蹴りを入れながら、舌打ちをした。
「ッチ……、今日のとこは帰してやるよ。ただし、今後俺のメールとか電話とか絶対に無視すんなよ？　あの話」
　言葉を途中で切って、一瞬だけ梨夢に目線を向けたシンは僕の耳元まで顔を落とし、また厭らしく囁く。
「……ちゃんと覚えてるよな？」

話じゃなくて、脅しだろ。
「分かったってば……」
　取材殺到なんて、冗談じゃない。
「じゃ、オレ、スタッフに那智くんの帰りのこと頼んでくるね」
　休憩も終わりそうな時間になっていたせいか、遥がスタジオの方へ向かって走って行く。
「梨夢ちゃんは、責任もって送り届けるから安心しろよ」
　賢悟は保護者みたいなことを話して、じゃあな、と僕に手を振り遥の後を追いかけた。
「そんじゃ、お勉強好きの兄貴とはお別れして、俺たちは楽しいときを過ごそうか、梨夢ちゃん」
「うん！」
　乙女モード全開の梨夢と並んで戻っていくシンは、倉庫の入口で振り返ると、
「またな、那智！」
　と叫んだ。
　またな、って。
　もう、あんたと会うことなんかないっての。
　繋がっているのは電話とメールだけ。相手は人気アイドル。
　そんな関係、すぐに終わるに決まってるじゃん。
　あっちが飽きるまでの少しの間、付き合っておけばいい。
　僕がそんなふうに思うのって、当然のことだろ？

　　　　　　　♪　　♪　　♪

「つ、かれたあ……」
　こんなに家が恋しかったことなんて、初めてだよ。
　家まで送り届けると言ってくれたスタッフの方の親切な申し出を丁重に断って、僕はスタジオの最寄り駅で降ろしてもらった。
　僕が途中で帰るなんて、きっと想定外のことだったはずだ。
　シンは気に食わなかったけど、たった30秒のＣＭに２日も時間をかけてあんなふうに真剣に仕事をしているスタッフの人達に、これ以上迷惑をかけたくはなかった。
　ま、迷惑かけられたのはどっちかっていうと、僕なんだけどさ。
　玄関のドアを開けてリビングへ入ると、父さんが台所でフライパンを振っている。
「ただいま。父さん、何してんの？」
「お、那智、帰ったのか。腹減ったから、炒飯でも作ろうかと思ってな」
　部屋の中に中華風の香りが漂っていて、途端に僕のお腹が空腹を訴え始めた。
「那智も、食うか？」
「食う！　着替えたら、手伝うからちょっと待ってて」
　階段を駆け上がって部屋に戻り、脱いだジャケットを放り投げるとポケットから携帯が落ちた。通知ランプが小さく点滅しているのは見なかったことにして、急いでジャージに着替えてリビングへと戻る。

「僕、皿出すね」
「あと、冷たいお茶も頼む」
「麦茶と、グラス……と」
　男２人で、台所でわいわいとしているこの時間が、僕をようやく日常に戻してくれた。
　湯気の出ている炒飯と冷えた麦茶が注がれたグラスをテーブルに並べて、父さんと向かい合わせに座り手を合わせる。
「いっただきまーす」
　会話もそこそこに、とにかく夢中で食べた。
　あそこに連れて行かれる間、梨夢に結構歩かされたしな。そりゃ腹も減るって。
　帰り道で気付いたけど、スタジオと駅の距離は思っていたほど遠くはなかった。
　朝、不必要に何度も遠回りをして僕を迷わせた梨夢の悪知恵には頭が下がるよ、ほんとに。
「そういえば、梨夢とは一緒じゃなかったのか？」
「っ、……げほっ……お、お茶っ！」
「何、慌ててんだ。ほら」
　最後の一口の炒飯を喉に詰まらせて、父さんが手渡してくれたグラスのお茶を一気に飲み干す。
　……よく考えたらあの詞が採用されたとき、未成年の梨夢だけで契約を交わすなんてことは有り得ない。
　てことは、少なくとも父さんは知ってるはずで。
　僕の耳に入らなかったのは、梨夢が父さんに口止めしたからに決まってる。
　そして娘を溺愛している父さんは、その約束を、今この

瞬間も律儀に守ってるってことか。
　そこまで考えて、男同士の絆よりも娘から嫌われることを恐れた父さんを、僕は無言で睨みつけた。
「なんだ、急に怖い顔して。炒飯、まずかったか？」
「ううん、すごく美味かったよ、ごちそうさま……で、父さん、僕に隠してることあるだろ」
「な、何言ってるんだ、急に」
　目が泳いでんだよ！
　こういうとこ梨夢とそっくりなんだよな。嘘吐こうとするくせに、真実を突かれると隠し切れないあたり。
「もう、ばれてんだよ。街中にポスター貼ってあるし」
「なんだ、そうなのか。まあ、その、なんだ……そういうことだ」
「何が、そういうこと、だよ！」
「いや、那智には話した方がいいって、父さんは言ったんだけどな？」
「はいはい……梨夢に押し切られたんだろ」
　空になった皿を片付けながら、コーヒーメーカーのスイッチを入れて僕は呆れながらそう言った。
「えらく人気のあるアイドルらしいじゃないか」
　そのうちのひとりは性格、最悪だったけどな。
「ただなあ、あれ本当は那智が書いたんだろ？」
「そのことは、もういいんだ」
「なあ、那智。お前、何か悩んでることでもあるのか？」
「は？　父さんこそ、急に何言い出すんだよ」
　父さんの分のコーヒーを渡して、僕は椅子に座り直した。
「随分と暗い内容だったからな、ちょっと気にはなってた

んだ」
「……失恋したときに書いたせいじゃん？」
「お前、彼女いたことあったのか！　知らなかったな……お前も、いつまでも子どものままじゃないんだなあ。父さんに話してくれないなんて水臭いじゃないか、男同士なのに」
「違うって！　片想いみたいなもんだよ」
　梨夢に簡単に言い包められる父さんと、男同士の話なんかできるかよ。
　ついでに、相手は彼女じゃなく、男だったし。……ますます言えやしない。
「なんだ、片想いか。情けないやつだな。父さんが学生の頃(ころ)は……」
　そこから父さんの昔話が始まり、梨夢の話題が消えたことにホッとした僕は、コーヒーを飲みながらしばらくその話に付き合った。
　梨夢を男だらけの場所に置いてきたなんてことがバレたら、父さんがどんな行動にでるか分かったもんじゃない。
　その上、相手が芸能人だなんてことまで知られたら火に油を注ぐ結果になるのは目に見えていた。
「……まあ、高校生活もあと１年なんだし、好きなように過ごせ。ただし、彼女ができたら無責任なことはしないこと。あと、父さんに紹介しろよ？」
「はは！　たぶん無いとは思うけど、できたらね……じゃあ、僕部屋で少し休んでるから」
「ああ、分かった。那智、勉強も程々にしておけよ」
　来年受験生の子どもに向かって、随分呑気(のんき)なことを言う

親だ。
　苦笑しながら部屋へ戻ると、相変わらず携帯の通知ランプがせわしなく光っていた。
「……確認してないんだから、消えるはずない、か」
　床に転がっている携帯を手の中に入れて、ベッドに横になりながら液晶画面を確認した。

『新着メール　4通』

「なんだよ、これ」
　今まで表示されたことの無い数字に思わず呆れる。
　どうしてこんなもんが、世の中に広まっちゃったんだろ。見たくも無いメールがこんなふうに送られてきて、返信しないと人でなしみたいに言われるなんてたまったもんじゃない。
　梨夢なんか、携帯忘れたって理由だけで学校を早退したこともあるもんな。
　できればいつも忘れて行きたいと思っている僕には、あのときの梨夢の行動は信じられないものだった。
　母さんが携帯会社で働いていることは、この際棚に上げてひとりで愚痴る。
「ったく、通知ランプの設定もオフにしておこうかな」
　いつまでもちかちかとうるさいランプに観念して、メールを1通ずつ開いていった。

======================
From：xxxx@xxxx.ne.jp
Sub：遥です
Date：2007. 12. 16. Sun.
======================
今日は那智くんと話せて
とても楽しかったよ。
まだ聞きたいことが、た
くさんあるから、また遊
ぼうね！
オレの携帯とアドレス、
ちゃんと登録しておいて
ね？
080-xxxx-xxxx

======================

======================
From：xxxx@xxxx.ne.jp
Sub：賢悟
Date：2007. 12. 16. Sun.
======================
なんか、今日あんまり話
せなかったな。でも那智
とシンのやりとり、まじ
でおもしれーよ！
今度はメシでも、食いに
行こうぜ。
090-xxxx-xxxx
↑コレ俺の携帯だから、
よろしくな。

======================

======================
From : K
Sub : 件名なし
Date : 2007. 12. 16. Sun.
======================
お前、ほんとに勉強してんのか?
なんかまたうまい具合に騙された気がすんだけど。
お前が帰ってから、遥と賢悟に散々馬鹿にされたっつーの。
俺が今日話したこと、絶対に忘れんなよ?
那智に確認したいことが、まだあんだからな。
あと、お前もう少し外見なんとかなんねーの?
俺ほどにはなれねーだろうけど、勉強ばっかじゃなくそっちも努力してみれば?

======================

==================
From：梨夢
Sub：伝言
Date：2007. 12. 16. Sun.
==================
撮影が終わったら、みんなとご飯食べることになりましたー！
ほんと那智もいれば良かったのに。超楽しいよ！
帰るときに、また連絡するね。
てことで、お父さんに伝えておいてね！

==================

立て続けにメールを読んで、いちいち返信しなきゃならないかと思うとうんざりした。しかも、メールの相手は梨夢以外の全員が、天下無敵のアイドル様という有様だ。
「このメアドと番号、超高く売れそう」
　賢悟も遥も……いや、遥は多少ひっかかるものがあったけど、まあいいやつらだったから、そんなことするつもりはもちろんない。
　でも、そんなことでも考えてなきゃ耐えられねーだろ、こんな非日常的な状況。
　こんなに簡単に一般人にメールなんかしないでくれよ。
「返信、あとでいいよな。別に急ぐ内容じゃねーし……」
　窓から日差しが降り注ぎ部屋が暖かくなってきたのと、横になっていたせいで、強烈な睡魔に襲われる。
　体も頭も疲労に支配されていた僕は、それに逆らわず瞼を閉じた。

　19時過ぎに家に帰ってきた梨夢は、まだ夢の中にいるんじゃないかってくらい浮かれていた。
「那智も最後までいれば良かったのに！　もう、3人ともカッコ良過ぎっ！　あたし、今日、眠れないかもっ！」
　よく言うよ、ベッドに入ったら5分で寝付く体質のくせに。眠れないのは僕の方だっての。
　結局、撮影現場に行ったことは父さんに知られることになってしまった。梨夢には少しだけ注意をしていたみたいだけど、そんなものがあいつの頭の中に入っているとは到底思えない。
　僕は父さんにバレるきっかけとなった1枚の紙を指先で

弾きながら、相変わらずきゃあきゃあ言っている梨夢へ文句をぶつけた。
「なんで、お前はこういう返却が必要なものを、軽々しく持って帰ってくるんだよ」
　リビングのテーブルに置かれた用紙には『機密保持誓約書』と仰々しく書かれている。
　要するに、今日現場で見たことを外に漏らすなよ、ってことだ。
「だって、保護者印が必要なんだもん」
　僕たちは未成年だから、当然こういうものにはいちいち親権者の承認が必要になる。
　そんなことは分かってる。
　だけど。
「送ってくれたスタッフを少し待たせといて、持って行ってもらえば済んだだろ」
「シンが、那智に事務所に持ってこさせてって言ってたから」
「またシンかよ！　こんなもん、郵送でいいじゃん」
　あっちにちゃんと届きさえすりゃいいんだし。
「だめよ！　あたしがシンに頼まれたんだから！　それに、今週中ならいつでもいいって言ってたわよ？」
　そういう問題じゃないんだって。
「お前が行ってこいよ……」
「あの事務所に、オンナのあたしが入ったら他のファンのコに殺されちゃうわよ！」
「何、あいつらの事務所って男しかいねーの？」
「そうじゃないんだけど、男と女できっちり分けて管理し

第2章　偶像と化けの皮＊97

てるとこなのよ。ＫＩＸは当然、男性事務所だもん」
　シンのやつ……仕組みやがったな。
　そんだけ厳重なら尚のこと郵送の方がいいだろうに、また梨夢を使いやがって！
「いいじゃない。那智の学校冬休み入るの早いんだし、どうせ暇でしょ？」
「……勝手に決めつけんなよ」
　小さく言い返してはみても、彼女もいなくバイトをしているわけでもない僕が長期休暇にやることといったら、せいぜい学校の補習に出ることくらいだってことは、当然、梨夢にはお見通しだ。
　お前みたいに日替わりでデートを楽しめるほど、僕は軽い人間じゃないんだよ。
　梨夢に聞こえないように小声で言う自分が、我ながら情けない。
「あと、来るときは前日にシンに電話かメールして、だって」
「は……？」
　開いた口が塞がらないって、こういうことだ。
　黙って行ってさっさと帰ってこようとしていた僕の計画は、梨夢の放った一言で、簡単に変更されてしまった。
　自己中なやつなんて、この双子の妹ひとりでも手に負えないってのに。
　シンという男は、梨夢以上に面倒な相手になりそうだった。

♪　　♪　　♪

火曜日の夜、明日から冬休みの僕はひとり携帯と睨み合っていた。本当なら休みの前の日なんて、もっとうきうきしていられるはずなのに、全然そんな気分になれない。
「あー、マジでヤだ……でもなー……」
　机の上には、押印済みの２枚の誓約書。
　企業間で仕事をする以上、重要なものだってことは未成年の僕にだって理解できた。
「……よし！　やっぱ、嫌なことは早めに片付けとこ」
　意を決して、シンにメールを送ることにする。
　もう時間も遅い。
　アイドルの仕事時間なんて分かんねーし、電話はやめた方がいいよな。
　時計の針は、21時を指していた。
　直接話さなくても済むような言い訳をあれこれと自分にしながら、メールの送信ボタンを押す。
「あー……送っちゃったよ……」
　ぐったりと机に倒れ込んだ僕の耳元で、すぐに着信音が鳴り始めた。タチの悪いことに、その音は３秒を超えても止まる気配がない。
「……メール送ったんだから、メールで返してくりゃいいだろ」
　着信表示を見てその相手に文句をつけてみても、早く出ろ、と主張しているかのような携帯は、いつまでも音を出し続けている。
「……はいはい」

とりあえず電話には出ても、だるそうな自分の声を変える気にはなれない。
「なんだ、その声。マジで失礼なやつだな」
「……忙しいんだろ？　メールでいいって」
「今、仕事終わったんだよ。それよりなんだよ、このメール！」
　シンが大声を出すから、僕は顔を顰めて電話を耳から一度遠ざけた。
「るせーな……何が」
「何がじゃねーよ！　明日行く、って4文字じゃねぇか！」
「あんたが、前日に連絡しろって言うからしたんだろ」
「あれが連絡かよ!?　ったく、どこまでも可愛げのねぇ」
　他の2人もシンの周りにいるらしく、けらけらと笑い声が聞こえる。
「……で、なんか用？」
　用件を済ませて、早く切りたいんだけど。
「だからその分かりやすい態度もやめろっつの……明日だけど、事務所来る時間、午後4時な」
「はあ？　なんで行く時間まで決まってんだよ。受付に渡せばいいんだろ？」
「俺の空いてる時間が、そこしかねーの」
「意味分かんないんだけど……」
「んなこと言って……那智も、俺に会いたいだろ？」
　そういうふうに厭らしい響きを含ませて、少し掠れた声で囁かれても鳥肌がたつだけだって。
「気持ち悪い声、出すなよ」
　心底嫌そうに言った僕の言葉で、おそらく遥と賢悟の笑

う声が一層大きくなった。
「お前……明日会ったら覚えてろよ。じゃ、事務所の前に着いたら電話な」
「ちょっと！　いつその時間に行くって決まったんだよ！」
「那智に拒否権なんかねぇし」
「あのなあ……」
「じゃーな。子どもは早く寝ろ」
「お前が電話して来たんだろっ！」
　捨て台詞を残して乱暴に電話を切る。
　やばいなぁ、完全にシンのペースだ。
「……ま、明日で全部終わるしな。我慢、我慢」
　先週末から調子が狂いっぱなしだけど、明日この誓約書を渡してしまえば、もう会うこともないだろう。
　僕は、明日の帰りに図書館に寄って借りたかった本を全部借りてこよう、なんて呑気なことを考えながら眠りについた。

　翌日、重い足取りで家を出た僕は梨夢に教わった駅で下車した。ネットで調べてプリントアウトしてきた地図を頼りに慣れないオフィス街を歩く僕は、平日のスーツ姿の人波の中で完全に浮いていた。
　約束の時間10分前に、『Makabe Boys Office』と看板が掲げられた大きなビルの前に立って、携帯を出す。
　コール音がほとんど鳴らないうちに、電話口から声がした。
「那智、着いたのか？」
「あのさあ、本当に僕からの電話かどうか分かんないうち

に、名前呼ぶのやめろよ」
　どこまでも無防備なシンの対応に注意を促して、僕はもう一度ビルの看板を確認する。
「ＭＢＯって書いてあるビルで合ってんだろ？」
「今、どこ？」
「ビルの目の前……なんか駐車場の警備員に睨まれてる気がすんだけど」
「お前の見た目じゃ、当然睨まれんだろ。じゃ、そのまま入って受付で名前言って」
「受付に渡して帰……」
「っていいわけねぇだろ」
　それだけ言われて、電話が切られた。
　ビルに隣接している駐車場の奥にいた警備員が、さっきよりも近付いているような気がして、僕は慌ててエントランスの中へ飛び込んだ。
　もうひとつドアを超えると、普通の会社と同じような受付ブースに女性が２人並んで座っている。
「あの……」
　恐る恐る声をかけると、明らかに不審者を見る目つきで、
「何か御用ですか？」
と、にこりともせずに言われた。
　なんだよ、受付なのにこんなに愛想悪くていいわけ？
「笹本、ですけど」
「え？　……あぁ、笹本那智様ですね、承っております。右手奥のエレベーターで12階へお上がりください」
「……ありがとう、ございます」
　ご丁寧な口調とはまったく一致していない冷たい表情の

女性が、手で示してくれた方向へ向かう。
　たぶん普段顔のいい男ばかり見慣れてるせいで、僕みたいなやつに免疫ないんだろうけど。
　それにしたって失礼な態度だ。
「12階……このビル、自社ビルなんだ」
　エレベーターが上昇するに連れて、僕は次第に不安になってきた。冷静に考えると、芸能界になんて全然興味のない僕が、こんなところにいること自体がおかしな話で。
　今日こそ、シンがなんて言ったって、早く帰ろう。
　短いベル音と同時に扉が開いて、広い廊下の真ん中に立つ。
　どっちに行けばいいか、なんて、方向オンチの僕にでも分かった。目の前で左右に伸びる壁には大きめの扉がひとつしかなかったから。
「まさか、このフロア全体がひとつの部屋、とかっていうんじゃねーだろうな……」
　入口がひとつだけってことが自分が思っている通りだってことを示しているのに、まだ信じられずにいる。
　あの奥に入らなきゃならないことを考えると、今すぐにでも回れ右してエレベーターに戻りたい気分だった。
「那智！　何してんだよ、迷ったのか？」
　エレベーターの少し先でうなだれている僕を発見したシンが、扉の向こうから駆け寄ってきた。
　そっか、シンに渡しちゃえばいいんだ。
「これ、ちゃんと梨夢のと２人分あるから。じゃあ、そういうことで」
　シンの顔を見もせずに誓約書を押し付けて、エレベー

の方向へ歩き出した僕の襟首が掴まれる。
「なぁに、そんなに慌ててんだよ」
「だって、用事は済んだだろ」
　僕よりも10センチ以上も上にある顔を見上げて訴えると、シンがにやり、と笑った。
「何、お前もしかして、びびってんの？」
「……っ、悪いかよ！　こんなとこ、僕には縁のない世界だし！　受付では不審者みたいに見られるし！　帰るったら帰る！」
　捕まった猫みたいな体勢で力いっぱい暴れている僕の体がふわり、と宙に浮いた。
「何すんだっ！　下ろせよ！」
「お前、遥より軽いんじゃね？　勉強ばっかしてねーで、もっと食って運動でもした方がいいぜ？」
　あろうことか、僕はシンにいわゆる『お姫様抱っこ』というやつをされていた。
　本当にこいつの行動パターンはどうなってんだ！　男の僕をこんなふうに扱うって、普通、有り得ないだろ！
「下ろせったらっ！」
「やぁだね。あー、俺、今初めて那智に勝った気分」
　楽しそうに笑うシンの顔を下から睨みつけ、諦めきれずに足をばたつかせても、僕の両足は虚しく空を蹴るだけだった。
　とうとう扉の前までたどりついて脇のセキュリティーボードにシンが指を当てると、静かな機械音とともに黒い扉板が左右にスライドした。
　僕にとっては、まさしく悪魔の館への入口が開く。

「指紋認証って……僕なんかが入っていいのかよ……」
　どう考えても、相当上の立場の人物がいる部屋だってことは雰囲気で分かる。
「渚さーん、連れてきたぜー」
　シンは僕を抱えたまま中に入り、誰かに呼びかけながら無人の小さな受付ブースを通り抜けて奥へと進んでいく。
「ちょっ、渚さん、て誰だよ」
　これ以上、厄介な人物に僕を会わせるのはやめてくれ！
　あんたひとりだって充分持て余してるんだから。
「うちの社長」
「しゃ、ちょ……！？」
　シンの口からこのフロアの主の存在を聞いたときには、もう『社長室』へ続くドアが開けられていた。
「何やってんのよ、シン、お姫様抱っこなんてしちゃって」
「こいつ、那智」
　僕はシンの腕の中で、望んでもいないのにこの事務所の社長と対面する羽目になった。横抱きにされているという屈辱的な自分の体勢を思い出して、急速に顔が赤くなる。
「いい加減、下ろせっ！」
「はいはい……っと。照れ屋だな、那智は」
「あんたの思考回路って、マジでどうなってんだよ！」
　ようやく足の裏に床の存在を確かめることができたものの、その先からどうしたらいいのか分からなかった僕は、隣に立つシンの傍を離れることはできなかった。
　目の前には、黒のパンツスーツをすっきりと着こなし、縁無しの薄い眼鏡をかけた長身の女性。
　なんか、社長っていうより、秘書……？

30代半ばくらいに見えるけど、そんなわけないよな。仮にもこんなビル構えるくらいの社長、だし。
「シン、随分趣味変わったのね」
　女性社長は眼鏡の奥で目を細めて僕を見つめながら、一面ガラス張りになっている壁を背に、大きなデスクの向こうで立ち上がった。
　特段美人という造りではないのに、惹きつけられずにはいられないオーラが漂っている。だんだん近寄ってくるその視線を外すことができない。
　その人物が30センチの距離まで来たときに、僕は思わずシンの袖口を掴んだ。
　食われる、と思った。
「……ふーん、なるほどねぇ。あたしは真壁渚。ここの経営者よ。よろしくね、那智くん」
「渚さん、那智、固まってるから」
「あら、怖がらせちゃったかしら。ごめんなさいね」
　渚さんの顔がふわっと綻んで、僕の緊張が少しだけ解ける。
「いえ、あの、笹本那智、です」
　差し出されていた手に気づき、慌てて自分の右手を出して握手に応えた。
「こんなとこで立ってたって仕方ないから、応接間に行きましょ」
　——応接間？　応接室、じゃなくて？
　促されて入った先は、まさに『応接の間』と呼ぶに相応しい。
　広く居心地の良い空間ではあったけれど、過度な派手さ

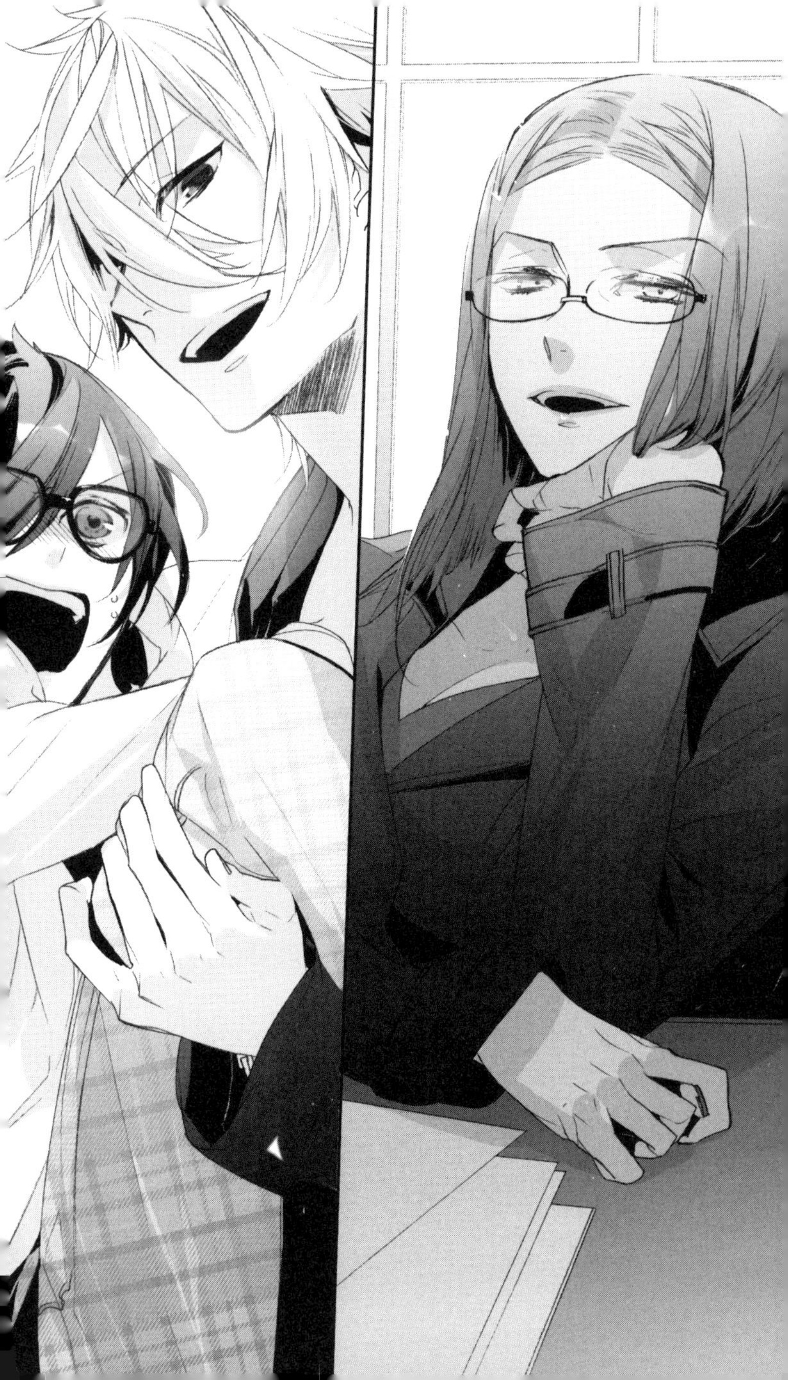

はなく、アイボリーで統一された趣味のいい調度品の価値は、そういう方面にうとい僕にでも推し量ることができた。
　なんでかシンと並んでソファに座り、渚さんと対峙(たいじ)する。
「改めまして、よろしく。この馬鹿が色々ご迷惑かけちゃったみたいで、本当にごめんなさいね」
「稼ぎ頭に向かって、馬鹿ってひどくね？」
　シンが僕に向かって訊いてきたけど、訊く相手、間違えてるから。社長にまでこんなこと言われるって、相当だよな。
　シンの方向違いな質問は無視して、僕は渚さんに尋ねた。
「あの、なぜ僕はここに呼ばれたんでしょうか」
「シンが珍しく執着してる、あの詞の作者が実は男のコだったって聞いたからよ」
　え？　それだけ？
　渚さんは立ち上がって、備え付けられたカウンターで自らコーヒーを淹(い)れて運んできた。
「シンも、いよいよあたしの計画通りに育ってきたかと思ったのに……那智くんはシンのことあんまり好きじゃないみたいね」
「……今いち、よく分からないん、ですが」
　渚さんの計画と、シンに対する僕の気持ちがどう関係してくるっていうんだ。
「自分の好きなアイドルが、特定の女のコと噂になったりすると、ファンの気持ちって冷めちゃうじゃない？」
　ちょっと、待て。
　なんていうか、この人の話の進め方、シンに似てねーか？
　まったく話が見えてこないんだけど。

「でも、相手が同じグループ内の誰かかもしれない、っていう想像だと許せちゃったりするのよね」
「えっと……ここ、男性事務所、なんですよね？」
「そうよ」
　そうよ、って。
　カップを口にあてながら、にっこりと微笑まれても。
「てことは……そのグループ内の相手って、いうのは……え？」
　ここのグループは、全員が男なはずで。
「女のコって、『禁断の』っていう言葉には弱いのよねえ」
　そう話す、渚さんも恍惚の表情を浮かべている。
「禁断……って……ええっ!?」
　僕は渚さんの言っていることが信じられなくて、横で苦笑いしているシンの顔を見た。
「……まあ、こういう人なワケ、うちの社長さんは。大物だろ？　なんせ、趣味でこんな事務所作っちまうくらいの人だし」
「しゅ、趣味って……」
「あ、勘違いしないでね。うちの事務所のコたちはストレートだから……ほとんどは」
　ほとんど……？
「あくまでも、そういう夢を売ってるってことよ。特定の女のモノにはならずに、キレイな男のコ同士……かもしれない、なんて最高じゃない？」
　そういうのを最高だと思っているのは、ファンじゃなくて明らかに渚さんだった。
　中学のときの同級生に、こういうタイプの女のコは、確

かに何人かいた。ああいうコがそのまま大人になって自由になるお金があれば、渚さんみたいな女性ができ上がるのか。
「ちょっと、その異様なもの見るような目付きは、やめてくれないかしら」
「そんなこと言われても……」
　どう考えたって、おかしい話じゃん！
「別に本当に男同士で恋愛しろなんて、あたしだって強制してないわよ！　……止めもしないけど。ただ、そういうコンセプトは忘れないでね、ってだけ。ファン第一主義を守れるなら彼女作ったって構わないし、ちゃんと全力で守ってあげてるわよ？」
「はあ……あの、本人たちが、納得してるならそれでいいとは思いますけど、それと僕とどんな関係が……？」
　関係なんか、絶対に、絶対に、したくねーぞ。
「……シンが食い散らかした女のネタを片付けるの、いい加減面倒になってきちゃったのよね」
「ちょっ、渚さん！」
　シンが慌てて口を挟む。
　食い散らかした女？
　僕は、軽蔑の眼差しをシンに向けた。
「サイテー……もう、梨夢に近付くの、やめろよな」
「いや、そこまでひどくねぇし！」
「あの切ない詞の謎の美少年が、シンの相手ってのも萌えるかと思ったのに……ぱっと見、あんまりファンに喜ばれそうにないわね……残念だわ」
　随分な言われようだったけど、僕は否定するつもりはも

ちろんなかった。
　なんつー恐ろしいことを考えてんだ、この人！
「そんなこと考えてたのかよ!?」
　奇しくも僕と同じ意見を口にしたシンが、早口で言葉を続けた。
「ぜってー無理！　俺、女も男もキレーじゃねぇと、色々と受け付けねぇし」
「こっちだって、あんたなんかお断りだよっ！」
　しかもさらっと、男も、とか言うなっての！
「シンは、相変わらず見る目ないコねえ。だから、いつも面倒なことになるのよ」
　渚さんは、まるで憐れんでいるような目でシンを見て、溜息を吐く。
「はぁっ!?　渚さんだって、さっき言ってたじゃねぇか！」
「ぱっと見、って言ったでしょ。外見なんて、いくらでも変えられる……そうよね？　那智くん」
　射抜くような目で僕を見る渚さんは、何もかもお見通しよ、と言ってるみたいだった。
「な、なんのことだか、僕には……とにかく、僕は、これで失礼しても構わないですよね？」
　これ以上、ここにいるのは危険だ。
　僕は、一般人のまま普通の生活を送りたいんだ。
「だめよ、話はこれから。座って」
「話って……」
　逆らうことは許されそうにない渚さんの口調に、僕は仕方なくもう一度ソファに腰を沈めた。
「いくらあたしだって、自分の趣味の話をするためだけに、

ここに呼んだりしないわ」
　趣味って認めちゃったよ、この人。
「ねぇ……ＫＩＸの歌詞を、専属で作ってくれないかしら」
「……は？」
「お世辞でもなんでもなく、応募してくれた詞、本当にいい詞だったわ。ＫＩＸは、この馬鹿が曲だけは作れるんだけど詞の方はね……３人とも、てんで使えないの」
「ひっでぇ言われよう……」
　シンが小さく笑いながら、ぼそっと呟く。
「……そんなの、無理ですよ」
　想像もしていなかった提案を、僕は即座に断った。
「どうして？　もちろんちゃんとした契約はさせてもらうし、顔だって出す必要なんかないのよ？」
「そうじゃなくて、あれは……あれっきりのものだし。作詞なんて偉そうなものじゃ……できが良くなったのは、シンが書き加えたからですよ、たぶん」
　あれは、傷ついた僕の代償行為の産物だから。
「でも、あれ、ひとつじゃないでしょ？　他にもっと書いたのがあるんでしょう？」
「……ないですよ、そんなもん」
　口調が乱暴になっているのに気付いても、もう訂正する気分じゃなかった。そんなところに気を回していたら、この目の前の敵に言い負かされてしまう。
「那智くん、自分の気持ちをあんなふうに言葉にできる人って、そんなにいないの。それはやっぱり才能だし、そういう人は絶対に楽しいこともカタチにしたいって思うものなのよ……あんな、悲しいことばかりじゃなくね」

「分かったようなこと、言わないでください」
「だって、分かっちゃうんだもの。これは、あたしの才能ね」
　シンの俺様な態度は、社長譲りってわけか。
「とにかく、無理なものは無理なんです。僕にはそんな才能なんて大したもの、ないですから」
「ねぇ、何をそんなに怖がってるの？　あの詞が、傷付けられた相手へのラブレターだから？　それとも、その相手が男性だからかしら」
「──ど、うして……」
　声が震える。
　それは、体の全部を透視されているような感覚だった。この人は平気な顔をして、僕の奥の方まで土足で入り込んでくる。
　隣のシンが驚いた顔で僕を見ているのが分かっても、僕は微笑んだままの渚さんから目が離せなかった。
「あたしの趣味は筋金入りなのよ？　あんな絶望的な内容、よっぽどのことがないと書けないでしょうし……男性に向けてる気持ちみたいなのに、女のコ目線とは明らかに違ったしね」
「……そんなこと、関係ないじゃないですか」
　それだけ言うのがやっとで、僕は拳を握り締める。
「その外見も、自分を傷つけるものから守る防波堤、ってわけ？」
「いい加減に……もう、放っておいてくれませんかっ！　あんたがどんな趣味してようと勝手だけど、僕を巻き込むのはやめてくれよ！」
「おい、那智、落ち着けって！　渚さんも相手は高校生だ

ってのに、少しは手加減しろよ」
　声を荒げた僕の肩を、シンが宥めるように支えた。
「――ごめんなさい。少し苛め過ぎちゃったわね。那智くんが、あんまり可愛くって！」
　渚さんの態度が豹変して、僕も大きく息を吐く。
　何も、考えられない。
　この人に近付いちゃだめだ。
　やっぱりここは、悪魔の巣窟だったんだ。
「ほんっとに、そのサド気質、どうにかなんねぇの？」
　僕の様子があまりにもおかしかったせいか、シンが渚さんを睨みつけて言い放った。
「わーかったわよ！　今日は諦めるわ、作詞の件はね」
「作詞の件は、って……まだ、何か……」
　どっと疲れた僕は、帰りたいのに立ち上がることもできずげんなりとした顔をしてみせるのが精一杯だった。
「こっちは、絶対に引き受けてもらうわよ」
　だから、なんだってそう勝手に決めつけるんだよ。
　社長のあんたがそんなだから、シンの教育もなってないんだ。
「シンと、友達になってあげて」
「お断りします」
　今度こそ、間髪入れずに断った。
「渚さん、何言ってんだよ！　んなこと頼むようなことじゃねぇし！　俺たちもう、友達だもんな？　那智」
「脅されてんのに、友達だなんて思えるか！」
「脅し――？」
　渚さんが、なんのこと？　というような顔をしたから、

僕はここぞとばかりに説明してやる。
　どうして撮影現場に行くことになったのか、そして、なぜここにいるのかってことを。
　事務所に来ることになった一因は渚さんにもあると分かった今となっては、監督責任を問いたいくらいだった。
「へぇ……シン、あんたも頭回るようになったのねぇ」
「なんですか、その発言」
　そこ、感心するとこじゃないだろ。
　渚さんの口調には、どうも僕にとって好ましくない意図が含まれている気がする。
「そういうことなら、社長のあたしとしては、大切な商品であるシンの味方をしてあげないとね」
「一般人に、迷惑かけないでくださいよ！」
　また妙なことを言い出した渚さんの言葉をどうにかして止めないと、どんどんおかしな方向に持っていかれそうだ。
「だって、ひとりが犠牲になれば、他の一般人の女のコの始末をしなくて済むんだもの」
「ひとりも犠牲にしないように考えるのが、社長の仕事でしょう！」
「そんな神様みたいなこと、できるわけないじゃない」
　悪魔も神様の一種だろ！
　さすがに口に出すことはできなかったけど、僕はもっと重要なことに気付く。
「ってか、僕がシンと友達になったところで、女のコに手を出すのは止められないでしょ。一種のビョーキみたいなもんじゃないんですか？　そういうのって」
「んだよ、人を汚ねぇモンみてーに！」

「食い散らかすやつが偉そうなこと言うな！　話がややこしくなるから、シンは黙ってろよ」
「いいわあ！　その調子！」
「はあ？」
　僕とシンの言い争いを煽るかのような渚さんの発言に、首を傾げる。
「シンは、飽きたらすぐにポイしちゃうんだけど、落とすまでは他に手は出さない主義なのよ」
　——落とす？
　僕はさっきのシンの言葉を思い出す。こいつ、女も男も、とか言ってなかったか？
　とっさに、隣のシンから体を遠ざけた。
「ちょ、待てって！　俺、そういうつもりで那智のこと気になってるわけじゃねーし！」
「だってあんた、僕にキスしようとしたじゃん！」
　撮影現場での、あの厭らしい顔。
　あれは、そういうことだったのか。
「あら、もうそんなとこまでいってたの？」
「ちーがーうっ！　あれは那智をからかってやろうと思っただけで、本当にするつもりなんかねぇっつの！　だいだい、全然タイプじゃねーし！」
「当たり前だろ！　気持ち悪いこと言うなっ！」
「ほら、ね？」
「ほらって、何がですか！」
　渚さんは、くすくすと声をあげて、したり顔で話し始めた。
「那智くんのことが気になってるうちは、シンは他の女に

手を出す余裕なんてなさそうじゃない？　その上、那智く
ん、手強そうだし」
「冗談じゃないですよ。そんなことに僕を利用しないでく
ださい」
「もし、万が一そうなっても、那智くんは女のコじゃない
から問題ないし」
「万が一も何もありません！」
　何が問題ないんだよ！　ありまくりだっつーの！
「なんだかあたしが頼まなくても、シンが勝手にうまくや
りそうね。うん。じゃあ、もういいわよ」
　ちょっと待ってっ！　こんな状態で、終わり!?
　ひとつも解決してねーし！
「ほら、シンも、もうすぐ仕事の時間でしょ。せいぜい稼
いできてちょうだい！」
「やべっ！　じゃ、那智、行くぞ！」
「あ、ちょ、……おいっ！」
　シンに手を引かれ、強引にエレベーターに乗り込まされ
る。
　ドアが閉まる直前に見たのは、えらく満足気な渚さんの
顔。
　そして隣に立っている男は、
「まあ、確かに那智と付き合ってる方が、女落とすよりお
もしれぇんだよな」
　とか、馬鹿みたいなことを言ってるスーパーアイドル。
　僕は、なぜか頭に浮かんだ英語の意味を、まだうまく働
かない頭で思い出していた。

アイドルって。
偶像――あこがれや、崇拝の対象。
そういう意味じゃ、なかったか？

だったら。
こいつを、アイドルなんて。
呼んでいいはずないだろ――。

第3章
仮面の内側

周辺の公立高校よりも１週間ほど早い冬休み２日目の午後、僕は自室で掃除を始めた。
　本当は片付けなんて大嫌いだ。僕の部屋が一見小綺麗に見えるのは、いちいち整理するのが面倒で、不必要なものをほとんど置いてないせいだ。
　掃除だったら、あのごちゃごちゃとした部屋の梨夢の方がよっぽどマメにしてるもんな。
　メイク道具に、洋服、バッグ、キャラクターのぬいぐるみなんかが所狭しと散乱しているけど、梨夢に言わせればすべてはあるべき場所にある、らしい。
　そのいかにも女子高生の部屋に最近もうひとつアイテムが増えた。
　壁にでかでかと貼られたそれは、本来は販促用であるはずのＫＩＸの新曲ポスター。わざわざ『僕の分』として貰ってきた同じものは、当然そのまま梨夢の保存用となっている。
　実際に会って話までしてんのに、そいつらの写真を毎日眺めて何が楽しいっていうんだ。
「でも、これは今日中にやっとかねーと……」
　ぼやきながら机の引き出しの中身を全部出して、ルーズリーフの紙の束を床に広げる。
「もっと書いたのがあるでしょ、なんて……なんで、分かったんだ、あの人」
　昨日、渚さんに言われたことを反芻しながら、中学のときの授業ノートに埋もれている過去の遺物を１枚１枚抜き取った。
　確かに僕には、何かあると散文を書き連ねる癖があった。

月島先輩と知り合ってからは、その数が増えてもいた。
　でもその習慣も、あの日終わったんだ。
「……37枚、か」
　梨夢の手に渡ってしまったのを入れると、38枚。
　結構あったな、とも、こんなもんだったっけ、とも思った。
「は……、あんなことされたってのに捨てられなかったなんて、かなり女々しいよな」
　自嘲気味に呟いてみても。
　やっぱり今も、ゴミ箱を目の前にして捨てられずにいる自分を嗤うしかない。
　あの人が僕を騙していたんだとしても、そのときの僕の気持ちまで踏みにじってしまうことは、どうしてもできなかった。思い出すのは辛いけど、幸せな瞬間だって確かにあったはずだから。
　僕はそれを封筒に入れて、机の右下の引き出しの、一番下にしまい込んだ。
「よし、終了――図書館にでも、行くか」
　結局、冬休みだってのに僕の予定なんてこんなもんだ。
　どうなることかと思っていたシンとの関係も、今のところなんの連絡も来てないからホッとしていた。
　あの後、駐車場で別れ際に「しばらく連絡できねぇかも」と言ったシンの、申し訳なさそうにしていた顔が浮かぶ。
　あれじゃ、まるで僕の方が寂しがってるみたいじゃん。恋人でもない相手に、よくああいう顔を振り撒けるもんだよ。
　無意識なんだとしたら、芸能人ってほんっとタチ悪い。
　あんな顔で、あんなふうに言われたら、女なんか簡単に

落とせるだろう。それこそ、食い散らかせる、くらい。
　とりあえず梨夢の話によると、新曲発表やら年末年始の番組やらでアイドル業は忙しいらしいから、このまま静かな年末を過ごせそうだ。
　誰もいない家から外に出ると今日も快晴で、冬の太陽とは思えないくらいの強い日差しが、玄関先の蛇口に反射して眩しい。
　僕は、さすがに伸びすぎてきた前髪を少しだけ掻(か)き分けて歩き出した。
「んー！　やっぱり冬休みはこうじゃないと」
　時間を気にせず、暖かい空気の中をだらだらと歩くことを楽しむ。昨日までのことは頭のかなり隅の方に寄せて、平日特有の静けさを保つ街へ向かった。
　遅い昼食をとろうと思って駅前のイタリアンカフェに入り、ペペロンチーノがのったトレイを外に面したカウンターに置いて、席に着く。
　道行く人を視界に入れて、平和だなあ、なんて考えながらパスタを口に運んでいると、椅子ひとつ空けた隣に誰かが座った。
　一緒に注文したアイスラテを一口飲みながら、なんの気なしに横に目をやる。
　僕の手からグラスが滑り落ちて、静かな店内に派手な音が響いた。
「笹本！　大丈夫か？」
　そんな声を無視して逃げ出してしまいたかったけど、砕けたガラスを片付けにきてくれた店員を前にしては、それもできなかった。

「本当に、すみません……」
　気にしないでくださいね、と言う店員に謝ると、心配そうな顔をしている月島先輩からハンカチが差し出される。
「ジーンズ、少し濡れちゃってるから」
「いいですよ、放っときゃ乾きますから」
「……とにかく、座らないか？　まだ食事の途中だろう？」
　皿の上には、半分以上残っているペペロンチーノ。
「もう、食べる気なくしたんで」
「笹本……頼むよ。そんなふうに、避けないでくれ」
　悲痛そうな声に顔を向けると、まだ手の中にハンカチを持ったままの先輩が眉をハの字の形にして僕を見つめている。
　その瞳に浮かぶのは、昔と同じ、やわらかな優しい色。
　その表情に顔を背けるように下を向いて、僕は力なく椅子に腰掛けた。
　忘れちゃだめだ。
　月島先輩の、この優しさに。
　僕は騙されたんじゃないか。
「なんか僕に用でもあるんですか……」
　自分の中に湧き上がる感傷を打ち消すために、僕から口を開いた。
「今日は、偶然なんかじゃないですよね」
「ああ。笹本と話がしたくてお前の家に行ったら、ちょうど外出するところだったから」
「……跡、つけたんですか」
「なんか、あんまり楽しそうに歩いてたから……つい声かけそびれたんだよ。ごめん、ストーカーみたいだよな」

先輩があまりにも悲しそうに笑うから、ほんとだよ、何考えてんだよ、って言い返してやりたいのに、それができない。
「話すことなんかないって、言ったじゃないですか」
「笹本にはなくても、おれにはあるんだよ」
「今更、何を？　……騙されてたって事実だけで、充分だ」
「違う！　おれは、笹本を騙してなんか」
　突然大きな声を出した先輩に、遠くのボックス席の客が一瞬顔を向けた。それに気付いた僕は、殊更小さい声で言葉を返す。
「今になって、弁解なんかしなくてもいいですよ。もう3年以上も前の話じゃないですか」
「そうじゃない……誤解、なんだよ」
「は……っ、誤解でもなんでもいいですって。お互い子どもだったんだし、もう忘れてもいい話でしょ」
「——いやだ」
　声のトーンを落として、先輩は言葉を続けた。
「おれは、まだお前のことが、好きなんだ」
「……何、馬鹿なこと言ってんですか」
　僕は目を見開いて、真剣な顔をしている先輩を睨みつける。
　この人は、まだ僕を騙し足りないのか。
　僕は忘れようと必死に努力していたあの頃のことを、鮮明に思い出していた。

　——最初に、好きになったのはたぶん僕の方だ。
　帰宅部の代名詞みたいな文芸部で、ひとつ上の月島先輩

は、人が来ることの少ない部室でいつも本を読んでいた。

　運動が苦手で国語が好きだった僕は迷いもなく文芸部へ入部して、ほとんど活動実態がないってことが分かってからもその状況には割と満足していた。

　本の匂いが漂う部室にいるのは、いつも僕と先輩だけだったから。

　部活顧問の薦めもあって、先輩はいくつかのコンクールなんかに作品を発表していた。その繊細な文章に僕は惹かれて、自分でも文字を綴るようになった。

　宝石箱みたいな言葉を紡ぎだす穏やかな月島先輩を、心から尊敬してた。

　その頃の梨夢は自分の容姿が男の目にどう映ってるかってことをとっくに知っていて、磨きをかけることに余念がなかった。双子の僕を、自分により似せるように強制して、注目を集めるのが好きなやつだった。

　僕は梨夢に好きなように振り回されて、それでも中学生活は、それなりに楽しかった。

　2年の秋。

　2人きりでいることが当たり前になった部室で、告白してきたのは先輩だった。いつもは冷静な先輩が、妙に落ち着きの無い様子で、好きだ、と言ってくれて。

　驚きよりも嬉しさで僕の心は満たされた。

　自分の中に生まれた想いを恋と呼んでもいいのかは分からなかったけど、その日から先輩は僕の中で一番大切な人になった。誰にも打ち明けられない関係でも、傍にいられるだけで充分だった。

　初めてキスをされたのは、街中がハロウィンのオーナメ

ントで彩られていた頃だったと思う。先輩の隣で本を読んでいた僕が、顔を上げた一瞬の出来事。
　あのときも、先輩はごめん、と言って、それなのにもう一度、今度は深く口づけた。本当に、とても幸せだったんだ。
　そんな日々が——。
　季節はもう冬に入っていて、先輩は卒業が近付いていた。
　先輩が読みたがっていた本を見つけた僕は少しでも早く会いたくて、放課後、３年の教室へ向かっていた。
『——２年の笹本ツインズさあ』
　教室の中から聞こえてきた自分を示す言葉で歩みをとめた。
　なんとなく入りにくくて、先輩が教室から出てくるのを待とうなんて思ったのが間違いだった。
『あの妹、マジ可愛いよな！』
『彼氏、いないらしいじゃん』
『でも、しょっちゅう違う男と帰ってるぜ』
『そうそう、しかも顔のいいやつばっか』
　話しているのは４、５人の男子生徒らしかった。
　なんだ梨夢の話題か……先輩早く出てこないかな、と考えながら先輩を待ち侘びていた僕は、なんて愚かだったんだろう。
『そういや、あの兄貴の方も、妹と顔、そっくりだよな』
『そりゃ双子だしな……何、お前あっちでもいいってのか？』
『あれくらい可愛い顔してたら、男でも代わりになるんじゃね？　なあ』
『……そうかもな』

『あはは！　月島、その顔マジっぽいからヤメろって！』
　月島、という言葉を聞いた瞬間、血の気が引いていくのが分かった。聞き間違いだと思いたかった。
　まさか、男の僕が梨夢の代わりにされているなんて、考えたこともなかったんだ。
　僕の瞳からはぼろぼろと涙が零れだしていた。手の中にあった本が落ちたのにも気付かずに、僕はその場から夢中で逃げた。
　その日から、部室に行くのはやめた。翌週には学校では眼鏡をかけるようになった。
　様子のおかしい僕を家族は心配したけど、理由なんか言えるはずがなかった。
　先輩とは一言も口をきかないまま、卒業式を迎えたときに、やっと終わった、って思った。
　やっと忘れることができたと、思っていたのに。

「まだ、って……先輩が僕を好きだったことなんか、一度もないじゃないですか」
　僕は苦笑いしながら、絞り出すような声でそう言った。
　閉じ込めていた真実を初めて自分で口にしてしまうと、その言葉は僕をひどく苛んだ。
「そうじゃない」
　どうして先輩の方が、そんな泣きそうに顔になってんだよ。
　泣きたいのは僕の方だ。
「僕、今、こんなだし。もう梨夢の代わりになってあげることなんて、できないですって」

なんのために前髪を伸ばしてると思ってんだ。
　なんのために、伊達眼鏡なんてかけてると思ってんだよ。
「そうじゃないって。笹本、違うんだ」
「何が違うって言うんだよっ！」
　今度は、僕が叫んでしまう。ボックス席の客どころか店員にまで、何事か、という顔で見られているのが分かった。
　いつもはきちんと返却棚に戻している食べ残しをそのままにして、僕は急いで店を出た。
　注目されたせいじゃない。これ以上先輩の口から出る嘘に、耐えられそうになかったからだ。
「笹本、待てって！」
　すぐ後ろから先輩が追いかけてくるのが分かっても、足を止めてやる理由になんかならない。
　あの優しい顔も、あの告白も、あのキスも。
　全部が幻だったってことを、どうしてまた思い知らされなきゃならないんだ。
　もう帰ろう。家でひとりで過ごしていた方が、ずっといい。
　誰にも、会わずに済む。
「……那智っ！」
　公園を通り抜けようと足を踏み入れたところで、先輩に肩を掴まれる。
　その名前で呼ぶなって言っただろ！
「離せよ！」
「離したら、またお前は逃げるんだろう」
　逃げちゃ悪いのかよ。
　僕が受けたあの傷の深さを、先輩は全然分かってない。

あんな痛み、受け止められるはずないじゃないか。
　逃げるしか、ないじゃないか。
「ちょっと、こっち来て」
　そのまま腕を取られ、引きずられるようにして木陰まで連れていかれる。公園には人影がなくて、そのことが僕を不安にさせた。
「あのとき、あの話……やっぱり聞いてたんだな」
「…………」
「本当にごめん。おれ、ガキだったから」
「だからいいですって」
「話を最後まで聞いてくれ」
　先輩に促されて、芝生の上に座り込んだ。日差しは暖かかったけど、地面はやっぱり少し冷たい。
「言えなかったんだよ。その……同級生の前で、男のお前の方と付き合ってる、なんてさ」
　僕は思わず先輩の方を見た。
　何を言い出す気なんだ、この人。
「あいつらが、お前でもいい、みたいなことを言うもんだから、なんていうか……おれ以外にも、そんなふうに那智を見てるやつがいるのかと思ったら、頭がパンクしちゃって。適当に相槌打っちゃってたんだ」
「……え？」
「梨夢ちゃんのことを好きだなんて考えたこともなかった。まして、お前をその代わりだなんて思ったことは、一度もない」
「それを、信用しろって言うんですか」
「……すぐにでも誤解を、解きたかった。でも、お前はお

れをこれ見よがしに避けてたし、様子はどんどん変わっていくし、嫌われたな、って思ったら今度は怖くなってさ」
　誤解だったって？　笑える話だ。
　それが真実なら、馬鹿なのは僕ってことになるじゃないか……冗談じゃない。
　口ではなんとでも言えるもんな。
　ああ、あれか。
　自分が悪者になったままじゃいたくないってことか。
「先輩がそう言うなら、それでいいです」
「信用してないって顔だな」
　その困ったような顔をとても愛しいと思ったこともあったのに、今は苛立つばかりだ。
「どっちだっていいじゃないですか」
「良くない。言っただろう。おれは、今でも那智のことが好きなんだ」
「僕はもう、あなたなんか、好きじゃない」
「那智が、そんなふうになったのって、おれのせいなんだな……もったいないよ。キレイな目、してんのに」
「とにかく、僕、帰ります。もう、あなたとは会いたくない」
　立ち上がると、先輩も同じように立って僕の両腕を掴んだまま、じっと見つめてくる。
「長い間、傷つけたままにして本当にごめん。この間偶然会ったとき、やっぱり那智を忘れられないって実感したんだ。もう会わないなんて、言わないでくれ」
「……帰ります」
　先輩の手が離れて、僕はふらふらと歩き出した。
　頭が混乱していて、どうやって家に帰ってきたのか覚え

ていない。
　ベッドに体を投げ出して頭の中を整理しようとしても、引き出しの中身みたいにすぐに片付いてはくれそうになかった。
　なんなんだよ、まだ好きだって……。
　もう好きなんかじゃない、憎んでさえいた相手だったはずなのに。
　先輩からの２度目の告白に、僕は動揺している心の波を収めることができずにいた。
　その電子音に気付いたのは、随分長いこと鳴り続けていたせいだ。
　一度切れたその音は、十数秒後に再び鳴り出した。
「……んだよ」
　不機嫌な声を隠さず、僕は電話に出た。
「お前なあ、電話したくらいで、いちいち喧嘩売んなっつの。俺の声、聞きたかっただろ？」
　昨日と変わらないままの、偉そうなシンの声が聞こえる。背後がざわついているのは、きっと仕事中なんだろう。
「マジうざ……何、なんか用？」
「うざいとか言うな！　なんでお前の電話、留守電になんねぇんだよ。この俺が、２回も電話する羽目になったじゃねーか」
「……留守電て、嫌いなんだよ」
　思い出したくない声が、残るから。
「で、その２回も電話してきた理由は、何？　お前みたいなの忙しい時期なんだろ？」
「ああ、その忙しい中わざわざなあ……って、まあいっか。

那智、明日の夜、暇？」
「忙しい」
「少しは、考えて答えろって！　暇なんだな！」
「あんた、僕の話ちゃんと聞いてる？」
「歌番組の収録あんだけど、来ねぇ？　お前、１回もあの曲マトモに聞いてねぇだろ」
　歌番組？
　そんなもん行ってどうすんだ、って断ろうとして、言葉を止めた。
「……そんな簡単に、行けるもんなのかよ」
「うちの社長、見ただろ？　どうとでもなるって……っつか、え？　来るの？」
　ホント意味分かんねー、こいつ……自分から誘っておいて驚くなよ。
「じゃあ、行かねーよ」
「いや、今の嘘っ……やべ、休憩終わるし！　詳しいことは後でメールしとくから！　じゃーな！」
　ＫＩＸの歌なんて正直どうでもよかったけど、気晴らしにはなりそうだ。きっと、その間は何も考えずに済む。
「ひとりで行ったら、梨夢に怒られんだろーな……」
　でも、あいつと一緒に行ったら、また面倒なことになるに決まってる。
　僕がテレビに映るわけじゃないし……ま、黙ってりゃバレないだろ。

　　　　　　§　　§　　§

「お……女、ばっかり……」
　歌番組当日に、その番組が生放送だってことを知った僕は、ここに来たことをもう後悔していた。
　梨夢に、友達の家で冬休みの課題をするから遅くなる、と言って家を出たときに不審そうな目で見られたことを今更ながら思い出す。
　あいつ、絶対なんか勘付いてたよな……。
　こういうとき、双子ってのはやっかいだ。なんとなく相手の状況が分かってしまうときが、本当にあるから。
　僕のために用意された席はＭＢＯ社長である渚さんが手配してくれた場所で、周囲にいるのはおそらくＫＩＸファンの女のコばかりだった。
　みんな、目を輝かせてシンやら遥やら賢悟やらの話をしている。
　事前に歌の収録時の声援練習みたいなことが行われていたらしいけど、当然、僕がそんなものに参加しなきゃならない義理はないわけで、本番の収録時間少し前に指示された席に着いた。
　それは、おそらく『特別な対応』だったんだ。
　収録を観にくれば？　なんて簡単に言うから、この間の撮影のときと同じように目立たない場所にいられると思っていたのに。
　……なんだよ、この最前列ってのは！
　僕の位置は、端は端でも、よりによってステージ真ん前の席だった。

華々しい周囲の雰囲気とは明らかに異質な僕に、こいつＫＩＸとどういう関係？　という無遠慮な視線が刺さる。
　これって、絶対渚さんの陰謀だ。
　困っている僕を見て、楽しむためにこんな席にしたに決まってる。あの魔女ならやりかねない。
　テレビをあまり見ない僕でも知ってる司会者が目の前を歩いていても、感動する余裕なんてあるはずもなくて。
　まだ始まってもいないうちから、早く終われ、と心の底から願い続け、本番が開始されるまで下を向いて小さくなっていた僕は、ますます『キモイ』男に成り下がっていた。
　ゲスト紹介に入って、観客の視線はステージ上の歌手へと移っていく。ＫＩＸのファンも、もう僕のことなんか目に入っていないことが分かり、やっと顔を上げることができた。
　ＫＩＸの紹介の番が来て、シンたちがステージ上に登場するや否や、ものすごい歓声が沸きあがる。
　すぐ横にいた僕は何が起こっているのか分からなくて、ただびっくりしていた。
　……ＫＩＸのこと、本当に好きなんだ、このコたち。
　なんのためらいも無く、好意をさらけ出している女のコたちの様子に正直ちょっと引いた。その上、明らかにＫＩＸの中でもシンの人気が高いらしいことが分かって、僕は愕然(がくぜん)とした。
　あんなやつのどこに、これだけの女のコを惹きつける要素があんだよ。騙されてるって、みんな！
　確かにステージ上で挨拶しているシンは僕の前の態度とは違って、愛想良くちゃんと『アイドル』してたけど、そ

れだけだ。それなのに、シンの一挙一動に感嘆の声が漏れるのが不思議でならない。
　最悪なことにＫＩＸは最後の出番だったから、僕はずっと最前列で耐え続けなきゃならなかった。
　周囲の女のコたちは、シンが一言何か言うたびにうっとりとした目で見つめ、溜息まで漏らしている。
「──ハイ、最後はＫＩＸの皆さんです！」
　司会者の声とともに、また大歓声。
　ここまでの時間を耐え抜くのに疲れ切っていた僕は、それに反応することもできずに椅子にぐったりと座っているだけだった。シンたちは歌までの繋ぎに何か話し始める様子だ。
　もう、話なんかいいから早く歌って終わってくれよ。
　ってか、シンのトークで会話が成り立つわけねーし。
　隣のコに聞かれたら殺されかねないようなことを考えながら、僕はとりあえずステージ上をぼんやりと見ていた。
「シンくんは、最近ハマってることとかあるの？」
「んー……、あ！　ありますね！　実は今、ノラ猫を手なずけようと思ってるんですよ」
　……ノラ猫？　ヘー、あいつ、動物好きなんだ。意外。
「これがすっげー不細工なんだけど、なんか気になっちゃって」
「え？　そんなことないよ！　結構、可愛いじゃん」
「遥、最近、目、悪くなったんだよな」
「なってないし」
「ノラ猫なんて、そんなに簡単に慣れるもんなの？」
　やっぱりシンの話がずれそうになって、司会者が軌道修

正する。
　プロだなあ。僕があの立場だったら、キレてるか、呆れてるかのどっちかだな。
「いや、それが結構、気ぃ強くて……なかなか手強いんすよね」
　だったら、ノラ猫なんかやめときゃいいのに。
　そいつだってお前なんかに構われるの、うんざりしてるって、きっと。
　僕がそのノラ猫に同情していたら、ステージ上のシンと目が合う。シンがにやり、と笑った気がした。
「ありゃ、シンの手には負えねぇって！　絶対」
　賢悟が大笑いして、手を顔の前で横に振る。
「キスしようとしたら、思いっきり拒否されてたもんね」
　遙も笑いながらそう言って、ちらりと僕の方を見た。
　……は？　キス？　拒否？
　まさか、不細工なノラ猫って。
　──僕のことかよ!?
「シンくんのキスを拒否って、また強気な猫だねえ。ファンのコたちなんか、その猫になりたいんじゃないの？」
　なりたーい！　という声が、あちこちから聞こえたけど。
　だったら、今すぐ代わってくれっ！
　僕の悲痛な心の叫びは、もちろん誰にも伝わらなかった。
「ですよね？　ほんと、素直じゃねぇんだから」
　今度は気のせいじゃなく、僕の方を見たシンがウィンクした。
　僕の周りにいた女のコたちは、それがあたかも自分に向けられたような感覚に陥ったらしく、ピンク色の嬌声が飛

び交う。
　何考えてんだ、あの馬鹿は！
　僕はあんたに対しては、ずっと素直な態度を取ってるっての！　どういう勘違いをすれば、あんな言動になんだよ！
　手なずけられて、たまるか！
　僕は、ステージ上のシンを睨みつけた。
　シンはと言えば、僕の視線に気付いているくせに、素知らぬ顔で歌の準備に入っている。
　人が何も言えない状況なのをいいことに、好き放題言いやがって！　うっかり自分で自分に同情しちゃったじゃねーか！
　そんなふうにひとりで腹を立てている間に、女のコたちが全員立っているのに気付く。
　まるで、それがＫＩＸの歌を聴くときの神聖なルールみたいに見えた。
　──そこまでして、聴く価値のある歌なんかじゃないのに。
　こんなにも真剣にＫＩＸを応援しているコたちの前で、多少書き換えられたとはいえ、あの絶望的な歌を聞かせることになるんだ……。
　こうなったのは自分のせいじゃない、そう思ってみても、僕はなんとなく罪悪感を感じてしまっていた。
「12月25日にＣＤ発売が決定しているこの曲は、ファンの方の作詞に、栗栖さんが加筆、作曲されました。とっても切ないバラードに仕上がっています。ではお聞きいただきましょう、ＫＩＸで『Pandora 〜 save your heart 〜』！」
　……そんなタイトルになってたのか。

僕の書いた詞には題名なんかなかったから、初めて耳にしたそのタイトルに眉を顰めた。
　君の心を救う――なんて。
　歌詞の内容とは正反対じゃないか。
　だけど。
　僕の思考は、そこで完全に止まってしまった。
　ピアノのイントロが流れ始めると、3人が『KIX』になる瞬間のスイッチの音が、聞こえた気がした。そのくらい雰囲気が一瞬で変わった。
　曲の最初は、ゆっくりとした3人の動作が、頭から指の先までぴったりと揃っていて、人形の動きを表しているってことが僕にでも分かった。
　その人形が解放された一拍後に、シンが歌い始める。
　周囲の黄色い歓声は、僕の耳には入ってこなかった。
　この場所の時間だけが、止まってしまったような感覚に包まれる。
　歌は確かに書き換えられてはいたけど、絶望は絶望のままで残されていた。それは、僕が初めて聴いたときと同じだった。
　加えられていたのは『救い』。
　歌の主人公が絶望に打ちのめされているのを。
　『ぼくたち』が救ってあげるから。
　抱き締めてあげるから。
　癒してあげるから。
　傷付かないで。
　シンが歌う『絶望』に、遥と賢悟の『救い』のハーモニーが重なって、そのあまりの美しさと迫力に眩暈がした。

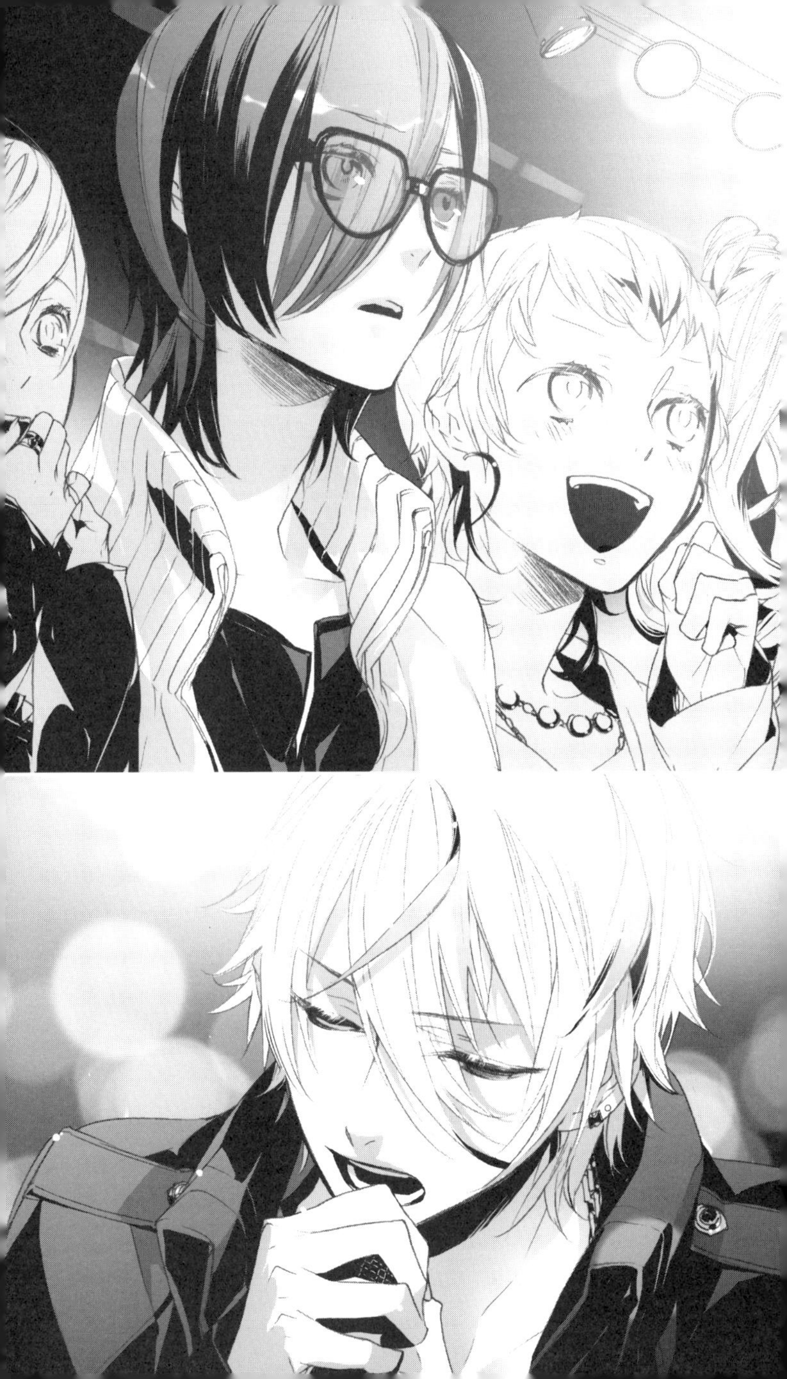

初めてのときはスピーカーのせいで、この部分はまったく聴こえなかった。
　梨夢の部屋で２度目に聴いたときは、頭に血が上っていて歌そのものが大して耳に入っていなかった。
　本当に、今、初めて、この歌を聴いた僕は。
　ＫＩＸを見つめたままの姿勢で、ほんの少し動くことさえもできずにいた。
　そうだ。
　あのときの僕は。
　誰かに救ってほしかった。
　抱き締めてもらって、傷を癒してほしかったんだ。
　歌が終わって残されたのは、パンドラの箱の伝説をなぞうように。
　それは確かに──希望、だった。
　ステージから下がろうとしたシンが、僕を見て驚いた顔をしていたのには気付けなかった。
　歌のセットが片付けられ、周囲がざわめき始める。
「──あの、大丈夫ですか？」
　心配そうな声と一緒に、隣の女のコが僕にハンカチを差し出した。
「え……？」
「あ、気にしないでくださいね！　あたしも同じですから！　でも男の人でもそんなに感動するなんて、やっぱり本当にいい曲ですよね」
　僕の頬には、まるで止まることを忘れてしまったように涙が伝わって、膝の上にまで零れ落ちていた。
「どうぞ、使ってください」

「あ、りがとう……ございます」
　朧（もうろう）とした意識の中で、眼鏡をはずして涙を拭う。
　そのまま、ありがとう、ともう一度言った僕の顔を見て、そのコの顔が赤くなるのが分かった。
「あの、いえ……そのハンカチ、差し上げます！」
　女のコは逃げるように僕の前から立ち去って、手の中には濡れたハンカチが残された。
　僕は、ＫＩＸのファンのコって優しいんだな、なんてマヌケなことを考えていて、眼鏡を外したときの自分の顔のことなんか、すっかり頭から抜け落ちてしまっていた。

　　　　　　　　♪　　♪　　♪

　まだ余韻を引きずったまま、人の流れにのって外に出る。
　さすがに夜の風はもうだいぶ冷たい。でも、熱に浮かされているみたいな僕には、むしろそれが心地よかった。
　長い時間をかけて蓄積された心の中の澱（おり）が、あの歌でだいぶ取り除かれたような感じがして、体が軽かった。
　まだ興奮冷めやらぬ人混みの中で、僕の携帯が鳴り出して。
　僕は出るべきか無視するべきか、今度ばかりは真剣に悩んでしまった。あの歌を聴いて、こんなふうになってしまった自分が少し気恥ずかしかったんだ。
　今日出演した人たちの中で、ＫＩＸは間違いなく特別だった。３人が『ＫＩＸ』になった途端、混濁していたスタ

ジオ内の空気が、あっという間にあいつらの色一色に塗り替えられた。
あの詞はすでに僕の手を離れて完全にＫＩＸに染められていたけど、それがとても嬉しかったし、少しだけ、誇らしかった。
あんなの目の前で観せられちゃなあ……やっぱ、謝んないと。
それが『プロ』として仕事をしたＫＩＸへの……シンへの礼儀のような気がする。
「はい」
「あれ？　今日は、機嫌悪くねぇんだな」
「……まあね、どっちかっていうと、気分、いいかも」
「さては、俺のステージに惚れ直した？」
相変わらずの俺様口調も、実力に裏打ちされたものだと分かった今では、反論するべき点はひとつだけだ。
「バーカ。最初っから惚れてねーし。でも……かっこ、良かったよ、３人とも」
「……んだよ、なんか素直すぎて気持ちわりぃんだけど」
「シンの方が詞の才能あるよ、きっと」
僕よりも、ずっと。
「あれは、那智の詞がいいからだって」
「……あんたさ、あんまり女と遊ぶのやめろよ」
「なんだよ突然。それ、ジェラシー？」
あー、こいつ……またニヤニヤ笑ってんだろうな。
「違うっての！　ＫＩＸのファンのコたち、すごい真剣にあんたらを応援してんだよ？」
そんなの、シンだって分かってんだろ？

あんなに真っ直ぐで熱い想いが、届かないはずないんだから。
「ああいう気持ち、裏切るなよ……プロならさ」
「……別に裏切ってるつもりなんか……ねぇ、し……」
　へぇ。
　声が小さくなるってことは、一応、悪いことしてるって自覚はあんのか。
「とにかく、少しは控えろってこと──あと」
「まだ説教されんのか、俺」
　僕は、大きく息を吸って深呼吸した。
「あの詞を、あんなふうに仕上げてくれて……本当に、ありがと」
「え……？」
　電話の向こうで目を丸くしているシンが想像できて、ちょっと笑えた。
「すごい救われたし、感謝、してる。ちゃんと聴きもしないで、最初にあんなメール送っちゃって、ごめん」
「那智……？」
「あ、今謝ったのは嘘じゃねーからな」
「お前……そんじゃ、今までのはやっぱ口先だけだったんじゃねーか！」
「そりゃ、しょうがねーだろ。あんたの印象、最悪だったし」
　今だって、素のシンの印象が良くなったわけじゃねーし。
「とにかくかっこ良かった、これはホント。だから、もういいだろ？」
「は？　何が？」
「僕に、電話なんかしてこなくても」

「なに言ってんだ？」
　今日、ちゃんと分かった。
　シンや遥や賢悟がいる場所と、僕がいる場所は全然違う。ひがみなんかじゃなく、僕なんかと関わっていいような存在じゃない。
　ＫＩＸは、もっと、もっと高いところへ行く。
　静かな生活に波紋を作ったのは、小石じゃなくて宝石だった。それだけで、僕には充分だ。
「メールも、すんな……心配しなくても、アドレスはちゃんと消去しておくから」
「ちょ……、那智！　お前何意味分かんねぇこと言ってんだよ！」
「ＣＤ、買うよ」
「そんなもん、買わなくってもやるって！　あれは那智の詞だし！」
「違う。あれは、ＫＩＸの歌、だろ。言っとくけど、厭味じゃなく本当にそう思ってんだよ？」
「那智！」
「じゃ、これからは気が向いたらテレビも観てやるから」
「那智!?　おい、お前、電話切んじゃねぇぞ！　とにかく俺の話も……」
　聞け、ってシンは言いたかったんだろうけど、構わず僕は電話を切って、ついでに電源も切った。
　空を見上げても明る過ぎる地上の光のせいで真っ暗な闇があるだけだったけど、きっとこの夜は晴天のはずで、満点の星空が広がってる。
　今度月島先輩に会ったら、もう少しちゃんと話をしてや

ってもいいかな、なんて思った。

　　　　　　§　　　§　　　§

　例年通り、静かに2007年は過ぎていった。
　母さんは、辛うじて大晦日と元日だけは休みを取って、久しぶりに家族4人揃っての正月を過ごした。
　年が明けて2日目の今日、僕は梨夢の買い物に付き合わされて、今度こそ百貨店へと向かう電車の中にいた。
「ねえ、どうしてもダメなの？」
「お前、去年からしつこいぞ」
「だって、さ。なんか、かわいそうなんだもん」
　平日のラッシュアワーほどじゃないにしろ、それなりに混雑している車内で梨夢と並んで立つ。今日の梨夢も、やっぱり僕より5センチほど背が高い。
「大丈夫だって。お前には連絡してきてんだろ？　僕のことなんか気にすんなよ」
「連絡って……那智のことばっかりだし！」
　そう言う梨夢の顔は、ぷぅっと、ふくれっ面になっている。
　本性を知らなければ、可愛いと思える顔なんだけど、な。
　シンたちの番号は再びメモリから消去して、僕はメールアドレスを変えた。
　新しいメアドは、梨夢にも教えていない。こいつに教えたら、2分後にはあいつら全員に伝わることになるのは分

かりきっていた。
　クリスマスから年末にかけて、ＫＩＸの姿をテレビで見ない日はないくらいだった。
　そんなに忙しいくせに連日表示される、不在着信の文字を見る度に少しだけ心が痛んだけど、それも新年になってからはなくなった。
「何、梨夢の魅力もアイドルには通じないって？」
「うわー、何それ、ムカつく言い方っ！　那智だって、結局ＣＤとか買っちゃってさ。あたしから、ＫＩＸの前のアルバムとかまで借りてったくせに」
「……まあな。あいつらの歌、悪くなかったから」
『Pandora』の売れ行きは絶好調のようだった。
　雑音の無かった僕の部屋では、最近ＫＩＸの曲が頻繁に流れている。
「年末の収録にひとりで行っちゃったことは、もう許してあげるけど……やっぱり、あの日に何かあったんでしょ？」
「なんで？」
「家のテレビであたしも観てたもん。ＫＩＸの歌のとき、すごく胸が苦しくなって、そのあと体があったかくなったの。あれ、那智の感覚でしょ？」
　がたん、と電車が少し揺れた。
　踵(かかと)の高いブーツのせいでバランスを崩した梨夢を、右手で支えてやる。
「……さあね。ってか、お前があいつらにのぼせ過ぎてんじゃねーの？」
「そんなんじゃなかったもん！　それに、那智の雰囲気も……なんか、変わったし」

「そっかぁ？　前と一緒だって」
　前髪も、眼鏡も健在だ。
　あと一年で高校生活も終わるのに、いきなり外見を変えるってのもどうかと思うし。別に不都合ねーし。
　不確かな視界の中で、ＫＩＸの３人が揃った車内広告が目に入る。
　まったくの他人という立場からＫＩＸというアイドルを改めて見てみると、テレビや雑誌の中のあいつらは、やっぱりかっこ良かった。
　僕がヤラしいと思っていた、シンの奥二重の切れ長な瞳や薄い唇も、媒体を通してしまえばやけに色気のある男として映っていた。厭らしいというより、セクシーというやつだ。
　ま、騙されてる感は、やっぱあるけど。
　要するに僕にとってのＫＩＸは、もう完全に『芸能人』という位置付けになっていたから、もう一度連絡を取ろうなんて全然思っていなかった。
　もし僕の知らないところで梨夢と何かあっても、遊び慣れている梨夢が一方的に食い散らかされるってことはないだろうし。
　まだ不満そうな顔をしている妹の顔を横目で見て、僕は気付かれないように苦笑いした。
　電車から降りて、梨夢の後を従順について歩く。普段来ることのない街だから、うっかりすると迷いそうだ。
　年始独特のムードで賑わう百貨店の入口で、梨夢が立ち止まる。
「あ！　学校の友達いた！　那智、帰りに電話するから、

どっかで適当に時間潰してて！」
「はあっ!?　適当って、ちょっ……梨夢っ！」
　言うより早く、梨夢は友達のところへ駆けていくと、連れ立って店内へと姿を消してしまった。
「あんの……自己中オンナっ！」
　どうやら今年も、僕は梨夢に振り回される年になるみたいだ。
　新年最初の溜息を吐いて、仕方なく僕は百貨店を背に歩き出した。
　参考書かなんか、持ってくりゃ良かった。
　適当に時間を潰すという行為は、僕にとって苦手なことのひとつで、こうなると本でも買って、コーヒーショップにでも行くしかない。
「……那智？」
「月島先輩！」
　正面から歩いてきた先輩が、控えめに声をかけてきた。
　先輩の顔を見ても、今の僕の心はもうそんなに痛まない。
「あ、今日は誓って偶然だから！　母さんの買い物に付き合わされて」
　慌てて言い訳をする先輩が、なんだか可愛くさえあった。
「僕も、妹に付き合わされたんです」
　僕が微笑んだせいか、先輩の顔にも笑顔が浮かぶ。
「なんか……ちょっと、雰囲気変わった？」
「そんなことないですよ」
「本当は、お茶でもって言いたいとこなんだけど、母さんの買い物そろそろ終わる頃だから」
「そんなの！　気にしないでいいですから」

「……おれが、この前言ってたこと、覚えてる？」
　この前？
　なんか、あったっけ？
「好きだ、って言ったこと」
「……あっ……！」
　途端に顔中に血液が集まってくるのが分かった。
　ＫＩＸの歌の衝撃ですっかり頭から抜けてた。
　あれ、やっぱり本気だったのか。
「……忘れてたんだ」
「す、すみませんっ！」
　先輩の顔が悲しそうに曇る。
「脈無し、ってことかな」
「いえ、その……」
　やばい。
　全然考えて無かったから、うまい言葉が出てこない。
「……ま、いいや。那智の携帯教えて？」
　気を取り直したようにそう言った先輩は、もう一度目を細めて笑った。
「え？」
「前のと変わっちゃってるだろう？　連絡、取りたいから」
「あ、ハイ」
　混乱していた僕は、先輩に言われるがままに携帯を取り出し、番号とメアドを交換する。
「──へえ。俺の電話は着信拒否するくせに、そいつにはそんなに簡単に教えちゃうワケ」
　背後から聞こえる低い声に反応して、肩がびくりと震えた。

まさか、だよな。
　こんな人がたくさんいるところに。
「那智、知ってる人？」
　目の前には、怪訝そうな先輩の顔。
　僕は後ろを振り向かないまま、背中に感じる気配から逃げ出す準備をしていた。
「おっと……！　甘いんだっつの！　お前足おせぇくせに、すーぐ逃げようとすんだから」
　右足を前に出した瞬間、体ごと抱え込まれて、僕はその腕の主を嫌でも確認することになった。
　深めに被った帽子にサングラス、という『いかにも』な格好の背の高い男は。
　僕とは違う世界に住んでるはずの。
　ＫＩＸの『Ｋ』と呼ばれる、アイドル様、だった。
「那智に、何するんだ」
　僕を取り戻すかのように伸ばしてくれた先輩の手が、シンの右手で払われる。
「……るせぇよ。お前こそ邪魔、っつか、どっか行け」
　う、わー！　シンのやつ、すっげー機嫌悪い！
　俺様どころか暴君みたいになってるし！
　僕はどうすればこの状況が好転するのかを一生懸命考えていた。
　……けど！　そんな都合よく浮かぶはずないじゃん！
　とりあえず、シンの腕の中、というより体の中で小さい声で言ってみる。
「……誰かと、勘違いしてるんじゃ、ないですか？」
「あぁ!?」

やべ。逆効果だったか。
「このダッセェ髪と眼鏡を、見間違えるわけねぇだろ」
「那智、誰なんだよ、この失礼な男。本当にお前の知り合いなのか？」
　誰って、言われても。
　この衆人環視の中じゃ、答えようがねーし。
「てめーこそ、なんだっつの。どっか行けって言ったろ」
　僕たちの普通じゃない状況に周囲の人たちも気付き始め、チラチラとこちらを見ながら通り過ぎていく。
　女のコの、あの帽子の方シンに似てない？　と、話している声も聞こえてきた。
　これじゃ、バレるのは時間の問題だ。
「俺、車だから。那智、ちょっとこっち来い」
　シンに手を引かれて連れて行かれそうになる僕の腕を、先輩が繋ぎ止めた。
「那智、本当に知ってるやつなのか？　なんか脅されてるとかじゃないのか？」
　ご明察――確かに、脅されてはいたんだよな。
　でも、もう効果のない脅迫だから。
「先輩、あの、大丈夫……ですから」
　このままだと、先輩にまで迷惑がかかる。
　僕の言葉で先輩の手が、ためらいがちに離れた。
　野次馬が増えてきて、いよいよマズイ、と思った僕は、シンの歩みに逆らわず付いていった。
「……乗って」
　道路沿いに止められた、国産車の助手席のドアが開けられる。

高級コンパクトカーってやつですか。しかも車体の色は、ルミナスレッド。
　こいつ、自分が有名人だって自覚ゼロだな、絶対。
　シンは、僕が逃げられないように開けたままのドアの傍に立っている。
　それを見て、今はこの車に乗るしかないことを悟った僕は、無言で助手席のシートに座った。
　少し乱暴にドアが閉じられ、運転席で機嫌の悪そうな顔を崩さないシンが、どこに行く、とも言わずにハンドルを握りアクセルを踏んだ。
　シンは前を向いたまま、僕は助手席側の窓から外を見続けて、お互い一言も話さずに車だけは進んでいく。
　その気まずい空気を打ち破ったのは、シンの深い溜息とその後に続いた言葉。
「……なんなんだよ、お前」
「……何が」
「電話はつながんねぇし、メールは戻ってくるし」
「あんたと連絡取る必要なんか、もうねーだろ」
「っ……、あのなあっ！」
　シンが僕の方を見て、声を荒げる。
　車が、ほんの少し左に寄った。
「ちょっ、前見て運転しろって！　正月早々スポーツ紙の一面飾りてーのかよっ！」
「……別に、那智に心配される必要ねぇし」
　どうしてかは分かんないけど、その言葉に。
　カチン、ときた。
　さっきの騒動の中でシンを隠さなきゃ、なんて考えてた

自分が馬鹿みたいだ。
「だったら降ろせよ。もう関係ねーんだから……ってか最初っから関係なんか、なかったんだし」
「那智、お前、それ本気で言ってんの？」
「何。なんか言いたいことでもあるわけ？」
　人の少ない場所を選ぶように路地裏を抜けた車は、倉庫がごちゃごちゃと並ぶ、普段はこの会社の駐車場として使用されてるらしい場所で停車した。
「お前……あの収録の日、泣いてただろ」
　ああ、気付かれてたのか、あれ。
　まさか、それで気にしてんの？
「言ったじゃん、あんたらの歌、良かったって……感動したってだけ。喜べば？」
「さっきのあいつ、誰だよ」
　……また、話飛んでるから。
「それこそ、シンには関係ねーだろ」
「あいつ？　……あの詞の相手の男って」
「だから、関係ねーって……っつーかさ、ほんとシンは何をどうしたいわけ？」
　あの詞の謎も解けて。
　新曲は大好評で。
　お前らは毎日忙しくて。
　その中に僕が加わらなきゃならない理由なんか、あるか？
「……んねぇ……」
「は？」
「……分かんねぇっつってんだよ！」

「大声出すなよ！　……分かんねーって、何が」
　一応訊いてはみたけど、本人に分からないことが僕に分かるわけねーだろ。
「なんでか……那智のことが気になんだよ」
「なんだそれ？　愛の告白か？」
　シンがあまりにも真剣過ぎる顔だったから、ふざけて言ってみただけなのに。
「ちっげぇよっ！　なんで、この俺がお前みたいなダッセェやつ！　全然タイプじゃねぇっつったし！」
　全否定かよ。
　僕も意味分かんねーよ、あんたの思考回路が。
「あのさ、そのダッセェ僕に、どうしてほしいわけ？」
「……腹立つ」
「何に」
　見当違いの答えに、しかたなく付き合ってやる。
「お前が……、お前の方から、切られたこと」
「……は？　そんなことで？」
　子どもか、あんたは！
　つまりあれか？
　自分から捨てたことはあっても、捨てられたことはねーから、それにショック受けてるってだけ!?
「ふ……ははっ……」
「んだよっ！」
「あははは っ……っつーか、シンって、マジで……っ！」
　言葉を続けようにも、笑いが止まらなかった。
「何、そんなにウケてんだよっ！」
「や……っくく……、図体はでけーのに、ガキみてーなこ

と言うから」
「ガキって言うな！」
　この反応。
　こりゃ、いつも遥と賢悟に言われてんだな。
「分かったって！　あんたの方から、僕を切りてーんだろ？」
　こんな子どもみたいなシンが僕に飽きるのなんか、きっとすぐだ。
　何度もこんな目に合わされんのも、面倒だし。
　メールと、電話くらいで済むなら。
「仕方ねーから、あんたが僕を切りたくなるまで付き合ってやるよ」
「なんか、那智のその言い方も、ムカつく気がすんだけど」
「……っく、……わりぃ、わりぃ。えーと、僕のことに飽きるまでは、友達でいて？」
　こんなもんか？
「お前が、どうしてもって言うならな」
「うんうん、どうして、も……っ……」
「じゃあメルアド……っつか、那智！　いい加減笑うのやめろ！」
「……っ、……ご、め……！」
　笑うしかねーっての！
　昨日梨夢と見たファッション雑誌で、『セクシーな男』とか書かれてたやつとギャップあり過ぎだって！
　僕は笑いを堪（こら）えながらシンにアドレスを教えて、遥たちには後で伝えてもらうことにした。
「シン、今日、仕事は？」

「午後から、いっこだけ」
「ちゃんと休んでんの？　随分、頑張ってたみたいじゃん」
「あ、お前、やっぱ俺のこと気になってたんだろ」
　　うわ。
　　何、その今更な俺様発言と作った顔。
「ぷは……っ、うん、そりゃ、な……っと、友達、だし？」
「マジ、殴っていい？」
「まあまあ。じゃ、僕、梨夢のとこ行かなきゃ」
「……家まで送る。そんくらいの時間、あるし」
「いーって！　黙って帰ったら、今度は梨夢に殴られる」
「や……それは、たぶん、大丈夫じゃね？」
「は？　なん……」
　　僕は、少しだけ考えて。
　　出た、結論は。
「あーっ！　シン！　また梨夢を使いやがったな！」
　　そうだよな。よく考えりゃ、あんだけ人が大勢いる中で、ピンポイントで僕を見つけられるなんておかしいし！
　　梨夢は最初から、友達と待ち合わせしてたんだ。
「こうでもしねぇと、お前絶対自分から連絡よこさねぇだろ」
　　サングラスの奥からこちらを覗(のぞ)く目には、まったく反省の色がなかったけど。
　　それを見て、まあいっか、なんて思った僕は。
　　やっぱりシンのペースに、まんまとハマっていたのかもしれない。

§　§　§

　年が明けてから１週間。
　そろそろ正月気分も抜ける頃で、世間では仕事始めの日に当たる。もちろん父さんも例外ではなく、今朝から出勤していった。
　梨夢の学校は明日から新学期だ。
「あーあ、あたしも那智みたいに、私立に行けば良かった」
　梨夢がクッションを抱えながら口を尖らせた。
　昨日、美容院に行ったばかりで、きれいな栗色に染まったロングストレートの毛先が揺れる。
「なんだよ、冬休みが始まった頃は、課題が多い学校なんか行かなくて良かった、とか言ってたくせに」
　僕はリビングのソファに横になって本を読みながら、わがままな妹の発言に反論した。
「それはそれ、よ！　那智の学校冬休み長いんだもん」
「まあ、４日頑張れば、また３連休なんだからさ」
「完全に他人事じゃない！　その言い方」
「できるなら、いっそ他人になりたいよ！　何回お前に騙されたと思ってんだ」
　しかも、全部シン絡みで！
「だって」
「シンがかわいそうだったんだもん、だろ？」
　聞き飽きたっつーの。
　どうしてお前の頭の中では、僕がかわいそうって発想が浮かばないんだ。

「もう、お前の言うことなんか、絶対に信用しないからな」
「なんでよ。だいたいアイドルとお友達、なんて超自慢できるじゃない！」
　あいつと友達だなんて言ったら、厄介事が増えるだけに決まってるだろ。
「あたしも、ついでに会える機会が増えそうだし」
「そっちが本音かよ……」
「あ、もうこんな時間！　じゃ、あたし行くから！」
「……行ってらっしゃい、お姫様」
　梨夢は、休み最後の１日を遊び倒すことにしたらしい。昨夜は遅くまで、今から会う友達と電話で計画を練っていたみたいだった。
　次の日に会うやつと、よくもまああんだけ長々と話すことがあるもんだよな。
　梨夢が家を出た後、僕はわざとひっくり返していた携帯を表にしてメールの確認作業に取り掛かった。
　随分前から通知ランプが光っているのには、気付いていたけど……それはあえて、無視。
　シンの望み通り『飽きられるまで』の友人関係を継続するのは、考えていたよりも面倒だった。
　相手はスーパーアイドル様だから、もちろん毎日会ったりするわけじゃないけど。
　面倒なのは、１日に何度も届く、メール。
「うわ……ホントにこいつ、忙しいのか？」

『新着メール　２通』

朝、起きたときには3通のメールが届いていた。
　それから3時間くらいしか経ってない。しかも、僕はまだ一度も返信していなかった。
「まずいな……そろそろ返信しとかねーと」
　電話がくる、と思った途端に手の中の携帯が震えだす。
　シンのメールが頻繁に送られてくるせいで、僕は電子音恐怖症になりそうだった。最近はマナーモードにしている時間が長い。
　バイブ設定を解除できないのは、返信が滞ると次は電話がかかってくるからだ。
　……今みたいに。
「はいはい」
「那智！　電話出られるんなら、なんでメール返してこねぇんだよ」
　だって今朝見たメールは、あんたの昨日の仕事の報告みたいなもんだったし。
　今来たメールなんか、まだ見てないし。
　なんて言ったら、また理不尽な怒りをぶつけられそうだからやめておく。
「あれ、メール送ってた？　気付かなかった」
「お前なぁ、俺のメールを欲しがってるコ、何万人いると思ってんだよ！　気付けっ！」
　今日も俺様口調は絶好調だ。
　こんなことならメールを返信しておいた方が、まだマシだったかも。
「悪かったって。で？　今、ＣＭの撮影中なんだろ？　休憩中？」

シンのメールによると、ＫＩＸは海外ブランドの香水のＣＭの撮影に入っているらしかった。
　基本的には女性用の香水しか作っていないブランドで、今回初めてメンズ用を発表するってことらしく、結構大きなプロモーションになる……とかなんとか。
「ああ。まあまあ大掛かりだけど、スケジュール的にはゆとりある方かもな。明日からはモデルとの絡みがあるから、面倒くせぇけど」
「ふーん」
「ほんっとに、興味無さそうだよな、お前は」
「だって、香水なんかつけないし」
「だろうな……っつか、那智は香水よりも、まず、その見た目をどうにかすんのが先だろ」
　大きなお世話だ。
　でも、ここで言い返すと長くなるし。
「まあ、良かったじゃん。ちょっとは休めるんじゃねーの？」
「かも。渚さんも、そのつもりでスケジュール組んで……」
　言葉が途中で止まって、誰かがすごい勢いでシンに話しかけているのが分かった。
　シンの声が那智には無理だ、みたいなことを言っているのが聞こえる。
「……貸してっ！　オレが話すから！」
　電話から飛び出してきたのは、相当焦っている様子の遙の声。
「那智くん、冬休み長いって言ってたよねっ!?」
「う、うん」
「身長と体重は!?」

なんだ？　遥までシンみたいになっちゃったのか？
　質問の意味が分からないまま、遥の声の迫力に押される形で、とりあえず答える。
「169センチ、で、44キロだけど…」
「やったっ！　ばっちり！　お願いっ、今から来て！」
　──は？
「来てって、どこに？」
「ここにっ！」
「や、もう、僕、見学は……」
「違うっ！　とにかく、タクシーでもなんでも使っていいから、できるだけ早く！」
　何かあったらしいことは、分かったけど。
「ちょっと待ってよ、遥、落ち着いて……」
「お願いっ！　オレたちを助けると思って！」
　助けるって……。
「まずは駅に向かって！　途中でまた連絡するから！」
「駅？　はる……」
　げ。
　切れてるし。
　僕は携帯を見つめたまま、顔を顰めた。
　遥のあの様子じゃ、来なきゃ許さない、ってカンジだったよな……。
　天使の笑顔の下から一瞬だけ現れた、あの時の遥の顔が浮かんできて、思わず身震いする。
「どうして、僕って……」
　ああいう裏表のあるタイプに、振り回されるんだろ。
　なんか、また変な事に巻き込まれそうな気が、すんです

けど。
　ぼやきながらも、適当な服に着替えて玄関を出る。
　昨日までは良い天気が続いていたのに、今日の空は少し曇り気味で、僕の心を更に落ち込ませた。
　駅に到着すると、再び電話ごしの遥から有無を言わせぬ指示が告げられて。
　その通りに行動する自分が。
「情けねー……」
　下車した駅からはタクシーに乗って、行き先を遥の言葉通りに伝える。
　最終到着地点は、この間とは場所が違うだけの、倉庫街だった。
「はぁ……、結局来ちゃったし。なんだっつーんだよ、もー……」
　タクシーを降りて、肩を落としたままの僕を呼ぶ声がする。
　聞き覚えのある、ハスキーな声。
「……さ、くら、さん!?」
「なっちゃーんっ！　良かった！　早くこっち来て！」
　ぎゅっ、と力強い腕に抱き締められて、そのまま手を引かれ倉庫の中へ連行された。
　この間のような活気は全然なく、静まり返っている撮影所。そんな中に飛び込んだ僕にスタッフが一斉に振り返って、そして──盛大に、溜息を吐いた。
　その数が多すぎて、僕は生まれて初めて溜息が完全に音になっているのを聞いた。
　……って、おいっ！

こんなとこまで人を呼び出しておいて、なんだよその反応は！
「救世主って、まさか、その坊主じゃねーだろうな」
　坊主って僕のことかよ、おっさん。
「無理だってー！　期待させんなよ……」
「よりによって、なんだよ、ありゃ」
　あちこちから聞こえる不満の声。
　何を意味しているのかは、さっぱり分からない。
　でも、僕に対して向けられている視線は全然好意的じゃないってことだけは感じ取れる。
「絶対に、大丈夫ですから！」
「そうよ！　なっちゃんなら完璧よ！」
　奥から姿を現した遥と、隣の桜さんが僕を擁護してくれているけど。
　なんで庇われてるのかも分かんねーし……。
「──あたしが、全責任を取るから」
　たった今、僕が入ってきた倉庫の入口から凛とした声が響き渡り、再び倉庫内が水を打ったように静まり返った。
　渚さん……!?
　ぴしっと黒のパンツスーツを着こなしたＭＢＯの女社長は、そこにいる全員の顔をゆっくりと見渡して、安心させるように微笑んで。
「大丈夫！　必ず、成功させるわ。その前に……」
　渚さんの目線が、僕のそれと重なる。
　その目を見た瞬間、僕は遥に逆らえなかった自分自身を呪った。
　ちょっと待てって……。

大ボスまで出てきたってことは、相当ヤバイ状況なんじゃねーの？
「那智くん、と、お話があるから、皆は休憩して」
　鶴の一声。
　僕への不満の声が止んだわけじゃなかった。それでも、スタッフはそれぞれの持ち場を離れて散って行く。
「じゃあ、那智くんはこっち」
　僕が連れてこられたのは、倉庫内にある事務所。
　とは言っても、会議室用の机とパイプ椅子があるだけの小さな部屋だ。
　部屋にいるのは僕を含めて８人。
　渚さん、遥、賢悟、シン、桜さん、そして初めて見る女性が２人。
　椅子に座ったまま一言も話さないで、ただ僕に視線が集中していた。その重すぎる空気に潰されそうになったとき、シンが口火を切る。
「……那智になんか、ぜってぇ無理だって。遥も、桜さんもマジでどうかしちゃったんじゃねぇの？」
　下を向いたまま、視線だけを僕に向けてそう言ったシンは、たぶんかなり怒ってるんだろう。
　なんで僕に、そんな顔で怒ってんだ。腹が立ってるのは、こっちだっての。
「あの！　僕、ぜんっぜん、この状況が把握できてないんですが……これ、どういうことなんですか？」
　シンに負けないくらい機嫌の悪い声で、渚さんに向かって問いただす。
「……そうよね、説明するわ。ほら、シンも……そんな目

で那智くんを見たって仕方ないでしょう」
　渚さんに窘められると、シンは子どものように視線を横にずらし、片腕で頬杖をついた。
　賢悟は、我関せず、みたいな顔をして無表情のまま。
「明日から来るはずだったモデルが、バイクで自損事故を起こしちゃったの。で、1ヶ月の入院」
「ああ、そう言えばそんなこと……」
　モデルとの絡みがあるって、シンが電話で話してたな。
「でも、そういう場合って、代役とかいるんじゃないんですか？」
「普通はね。だけど、今回のプロジェクトはかなり大きなものだから、商品イメージを損なわない、完璧な代役じゃないとダメなの」
「商品イメージって……」
　メンズ用の香水だって言ってたよな？
　男なんか、ＭＢＯに腐るほどいるんじゃねーの？
「ユニセックス──それが、今回どうしても譲れないテーマ。基本的にはメンズ用の香水なんだけど、既存の女性顧客もターゲットにしてるのよ」
　商品の説明は、別にいいよ。
　だから、それが。
「僕と、なんの関係があるんですか？」
　このムードで、薄々感づいていた。
　予定していたモデルは使えない。
　完璧な代役はいない。
　そして、なぜか、ここにいる僕。
「──那智くんに、代役をお願いしたいの」

予想通りの、渚さんの言葉。
　そりゃ、シンじゃなくても思うって。
「絶対に、無理です」
「無理じゃないってば！」
　遥が、即座に大声で否定しても。
　ここは負けられない。
　ってか、こんな馬鹿げた話あるか？
「どう考えても、無理に決まってるじゃないですか。僕は素人だし、男にしか見えないでしょ？」
「それは、アタシがパーフェクトに仕上げてあげるから！」
　桜さんまで遥に追随して、自信たっぷりの表情で僕を見る。
「そういう問題じゃなくて……プロの、仕事にならないじゃないですか」
　きっと、シンが怒ってるのはそういうことだ。
　大勢のスタッフが動く、大規模なプロジェクト。
　そんな現場に、素人の僕が入っていいわけない。
「那智くん、仕事っていうのは……特にこの世界は、結果が全てなの。誤解を恐れずに言えば、そこまでの過程なんか評価の内に入らないのよ」
　渚さんの顔が、経営者のそれに変わって、僕は口を挟むことができなくなった。
「スケジュールに余裕があれば、もちろん予定を組み直すことも考えるわ。だけど、たったひとりの、それもメインじゃないコのために、もう一度動いてくれるスタッフや撮影場所の確保はできないの。それに何よりも商品の発表日は動かせないし」

「……だからって、那智を巻き込むことねぇだろ」
　シンがそっぽを向いたまま、ぼそっと抗議しても、渚さんにはまったく効果を発揮してない。
　なんて頼りにならないやつなんだ！
「モデル事務所には当然それなりの責任を取ってもらうけど。今できる最善の方法でプロジェクトを遂行するってことが、あたしの、プロとしての仕事なの」
「そんなこと言われたら、余計に無理ですよ！　僕には荷が重過ぎます！」
　渚さんの言葉に怯(ひる)んじゃだめだ。このままじゃ、僕にとって非常にマズイ結論が導き出されてしまう。
　……ってか、もう半分くらい、そういう方向に行っちゃってるし！
「那智くんに責任取れ、なんて言わないわよ。責任を取るのは、社長である、このあたし。それに……もしこんなことで撮影が中止になっちゃったら、ここまで頑張ってくれたスタッフが報われない」
　スタッフ？
　ＫＩＸ、じゃ、なくて？
「……さっき、過程は重要じゃないって話をしたけど、こういう仕事だとスタッフは結果に登場してこないでしょう？　だけど、裏でのスタッフの努力を最高のカタチで表現することができる。あたしたちは、そういう仕事をしてるのよ。それを、台無しにしたくないの」
　渚さんのその言葉で、この間の撮影風景が浮かんでくる。
　たった30秒のＣＭのために、２日間もかけて大勢の人が動いていた現場。

似たようなシーンを何度も取り直して、細かくチェックしていたスタッフやＫＩＸのメンバー。
　同じように必死に行われていたはずの今日までの時間が、全部台無しになってしまうのは。
　それ、は……。
「那智くんを使うことは、今できる最善の方法……ううん、予定してたコよりも良い結果が出るわ、必ず」
　困ったように目を泳がせた僕と、シンの目線が合って、それでも断れ、みたいな顔をされたけど。
　17歳の、普通の高校生である僕が、仮にもあんな大きな事務所の社長である、この『魔女』の呪文に。
　……どうすれば勝てるっていうんだよ。
「僕に……そんなこと、できるわけ……」
　あ。
　そうだ！　だって、僕、未成年だし！
　保護者の承諾ないままに、こんな仕事できるわけないじゃん！
「それに、あのっ！　うちの親がこんなこと絶対に許してくれません！」
　すっげー、いいアイディア！
　呪文に打ち勝つ最終兵器だ、と思っていたのに。
「許可は、もうお母様に頂いてあるわ」
　渚さんが、顔色ひとつ変えずにそう言って。
「那智くんのお母様って、ＫＩＸを使ってくださってる携帯会社の方なのよね？　キレイにしてあげてくださいね、とかおっしゃってたわ……なかなか、楽しいお母様ね」
　くすり、と笑う。

僕は、はっきりと憎悪をむき出しにしてシンを見た。
「あんただろ！　梨夢に聞いたんだな！」
「いや、だって、こんなことになるなんて思わねぇし！」
　もうダメだ。
　梨夢のいい男好きは、母親譲りなんだ。
　僕がこんな外見になったのを一番悲しんでいたのは実は母さんで、自分が忙しいから口出しをしてこなかっただけ。他人の手で息子が『見目良く』変わるなら、きっと喜んで僕を差し出すだろう。
「……条件が、あります」
「やってくれるの？」
　自信満々な顔をして、訊いてくる渚さんに。
　やらざるを得ない状況に追い込んだのは、あんただろっ！
　そう言ってやりたいのを何とか堪えて、言葉を続けた。
「まず、こんなことは本当にこれっきりにしてください。あと、これは桜さんに、お願いなんですけど……」
「なあに？」
「ひとつは、僕だってことが知人にも絶対に分からないようにしてくれること」
「それは、任せて！　他にもあるの？」
　もうひとつの条件を言おうとして、言葉に詰まった。
　僕のだいぶ小さくなったはずの傷が、少しだけ疼く。
「もうひとつは……梨夢と……妹と、同じ顔にだけは、しないでください」
「……は？　なるわけねぇし」
　シンが呆れたように言うのが分かっても、これだけは頼

んでおかないと。
　僕の傷は、まだ完治はしてないんだ。
「……了解。もっとキレイにしてあげるから！」
　桜さんは、理由を訊かずに僕の条件を受け止めてくれて、にっこりと笑った。
「ありがとう、那智くん！　じゃあ、ＫＩＸは現場に戻りましょ。あたしもスタッフの説得に行かなきゃ。あ、那智くんは、このままここに残って」
　渚さんが３人と一緒に部屋から出ていくと、残されたのは僕と桜さんと、２人の女性。
「あたしはヘアメイク担当の佐藤」
「で、衣装担当の森です」
「笹本那智、です。よろしくお願いします」
　もう逃げられない、と諦めた僕は、それぞれの自己紹介に答える。
「髪は、最後には戻してあげるけど……色、変えさせてもらうわね」
　早速、佐藤さんが僕の髪を弄りながら、少し切っても大丈夫？　と訊いてきた。
「少しなら……」
「あ、ちょっと眼鏡はずさせ、て……」
　手に僕の眼鏡を持った佐藤さんが、ぽかん、と口を開けたまま動きを止めて。
　その様子に気づいた森さんが、僕を見て叫び声をあげた。
「えええっ!?　何、その顔っ！　なんで那智くん、眼鏡なんかかけてんの！？」
「前髪も！　こんなに伸ばして！　顔、隠す必要なんか全

然ないじゃない！」
「ほら、２人ともそんなに興奮しないで！　なっちゃんが怯えてるじゃない」
　身構えた僕の肩を、桜さんがぽん、と叩いて、
「大丈夫よ、このコたち、腕は確かだから」
と安心させるように言ってくれる。
　でも。
　その後に２人に向けて続けた言葉は、僕の顔を青褪（あおざ）めさせるのに充分だった。
「マイ・フェア・レディの男のコ版、なんて楽しそうでしょ？」
　え？
　それって、あの田舎臭い女のコを、レディに仕上げる映画のこと？
「最高っ！　こんな素材の良いコ、久し振りだもん！」
「こうしちゃいられないわ！　採寸、採寸！」
　ど、どうしよう。
　魔女が、増えた。
　だって、この人たち。
　趣味の話を楽しそうにしてたときの渚さんと。
　……同じ顔になってるし！
　僕は泣きそうになりながら、３人と一緒に違う部屋へと移動した。
　少し広めのその部屋は、簡素な美容院みたいな内装で、片方の壁には長いカウンターと横に伸びた鏡が据え付けられている。奥に掛けられてあるたくさんの服は、たぶん衣装だ。

その鏡と向かい合わせになるように置かれた、全身が映る大きな鏡の前に立たされる。もちろん、もう眼鏡なんかさせてもらえるような状態じゃなくて。
　3人の目が舐め回すように僕の頭の先から足のつま先までを観察しているという、言わば拷問みたいな仕打ちを受けて、僕は下を向いていた。
「ちょっと、顔上げて」
　佐藤さんが真剣な表情で、僕の髪を摘んだりピンで止めたりしていく。
「うーん、あんまり切ってほしくないみたいだから、全体的に軽くして、後はセットで何とかなるかな」
　どうやら、髪型は決まったらしい。
「じゃあ、次、衣装ね」
　森さんが、そう言いながら、奥にあった洋服をパイプハンガーごと持ってきた。
「脱いで」
　……今、なんて？
「ほら、さっさとして！　時間、全然足りないのよ！」
「え、あの、脱ぐって……ここで、ですか？」
「当たり前でしょう。身長は予定のコと差はなくても、那智くんの方が少し細いんだから、ライン直さないと」
　森さんの言うことは、もっともなんだろうけど。
　素人の男子高校生である僕にとって、女性の前で服を脱ぐって行為はそんなに簡単なことじゃない。
　着ているパーカーに手をかけたまま動けずにいる僕の背中を軽く叩いて、森さんが笑った。
「そんなに緊張しないで！　あたしにも、プロの仕事、さ

せてよ」
「あ……」
「向こうにいるやつらを、びっくりさせてやりましょ？」
　あのときの皆の不満の声を、聞いてたんだ。
「頑張って、みます」
「ん。じゃ、全部ね。採寸するから」
「は……え⁉　ぜ、全部って⁉」
　真っ赤になった僕の顔を見て、森さんは仕方ない、と呟く。
「うーん、パンツは許してあげるか」
「森さんっ！　こんなときに冗談なんか……」
「あら、全部脱いでくれる方が、こっちとしてはありがたいのよ？」
「……すみません。許してください……」
「衣装が終わったら、次はメイクだからね、なっちゃん」
　椅子に腰掛けて、にこにこしながら話しかけてくる桜さんに、トランクス１枚になってしまった僕には笑顔を返す余裕なんかなかった。
「うひゃー、腰ほっそいわねえ！　男のコにしておくのもったいない！」
「うわ、ちょっ……」
「じっとして！　これが、あたしのお仕事だから」
　そのセリフを言われると、我慢するしかないんだけど。
「森ちゃん、ずるい！　あたしも触りたい！」
「なっ……！　さ、佐藤さんは、仕事じゃないですよね⁉」
「いやいや、髪型を作るには、全身を知っておかないと」
　佐藤さん、さっき、何とかなるって言ってたじゃん！

「アタシも混ざりたいわあ」
「桜さんっ！」
　声を出しながら、思っていた。
　３人は僕の緊張を解(ほぐ)してくれるために、きっとこんなふうな雰囲気を作ってくれてるんだ。
　たぶん……いや、絶対にそうであってほしい。
　その後は、３人とも真剣な顔で僕と向き合って、それぞれの作業に取りかかり始めた。
　僕は、プロの仕事の邪魔だけはしないようにって、指示通りに動くことだけに集中した。
「──ハイ、なっちゃん。もう、目、開けていいわよ？」
　カウンターの前の椅子に腰掛けていた僕に、桜さんからメイクが完了したことを告げられる。
　かかった時間の長さを考えて、どんだけ厚化粧になってんだ、と思うとなかなか目を開けることができない。
「うわあっ！　もう、桜さん、さすがプロ中のプロっ！」
「ちょっと、あたしのヘアメイクの腕も褒めてよ」
　森さんと佐藤さんの言葉で、思い切って両目を開く。
「──え？」
　……嘘、だろ？
　これが、僕？
　目の前の顔が他人のものみたいに見えて、何度か瞬(またた)きを繰り返した。
「やーん、那智くんの目、やっぱり眼鏡なんかで隠すのもったいないって！」
「前髪、もう少しだけ切ろうかなぁ。そのアーモンド型の瞳、活かしたいし」

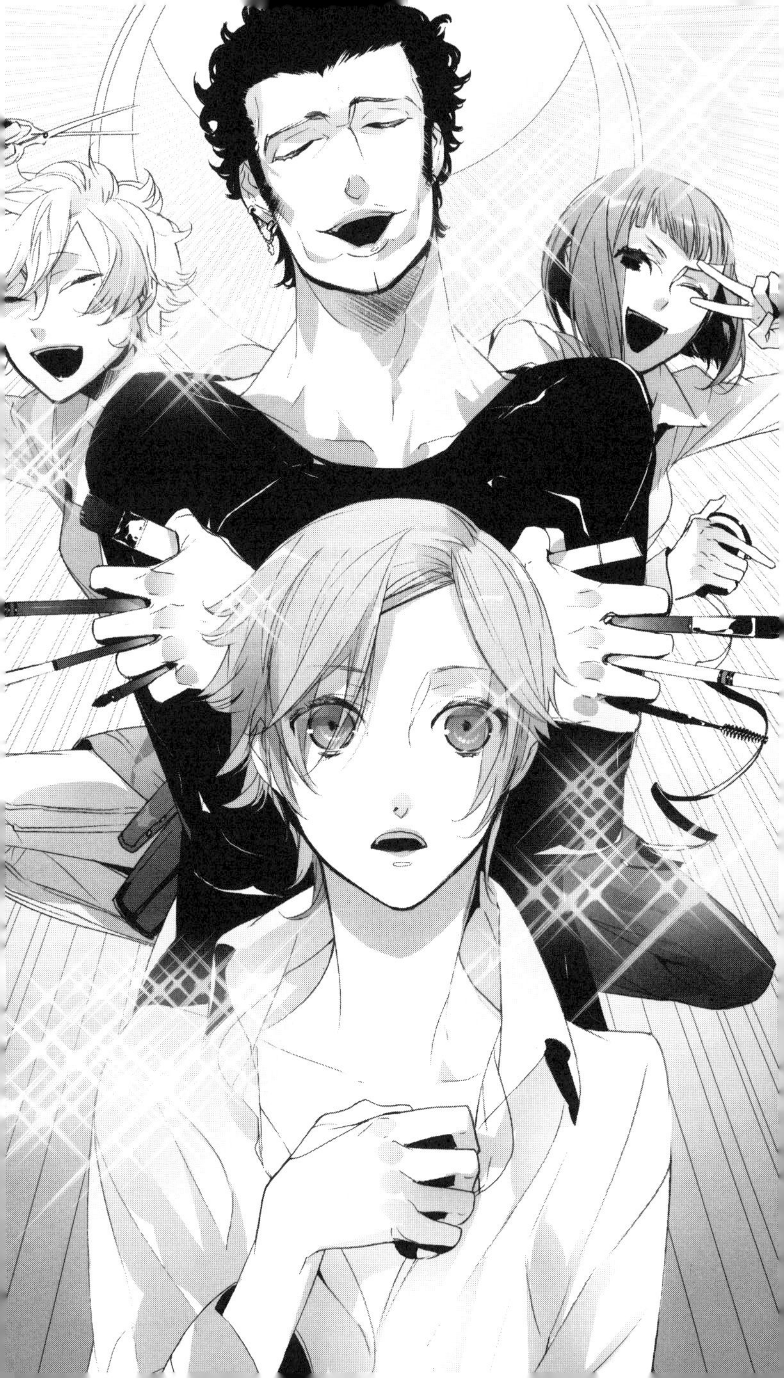

声が、出ない。
　真っ黒だった髪の毛は、かなり明るめのハニーブラウンに染められている。
　前髪も、セットのせいで随分と軽くなっていた。
「なっちゃん、どうしたの？　どこか嫌なところある？」
「あ！　大丈夫よ！　撮影が終わったら、髪の色は戻してあげるからね？」
「あ、ちが……びっくり、して」
　鏡に映っている顔は。
　確かに中学の頃の僕の面影が、ほんの少しだけ残っていたけど。
　全然厚化粧ってカンジがしないし。
　もちろん、梨夢とも明らかに違う。
「これ……、って……女か、男か……」
「分からないでしょ。性別の枠を超えた、透明感のある美しさ、っていうコンセプトだから」
　プロって、すごい……。
　これなら、多分、僕だなんて気付くやつはひとりもいないだろう。
　自分の顔と見つめ合ってぼんやりしている僕に、桜さんが発破をかけた。
「さ！　撮影は明日からだけど、まずはあっちの連中に納得してもらわないとね。行きましょ」
　身につけている衣装は、淡い紫のサテン素材のシャツ。下は、履いてきたジーンズのまま。
　納得してもらえるのかどうかは、不安だったけど。
　３人のプロに背中を押される格好で、僕は撮影している

現場へ、恐る恐る向かった。
　丁度休憩に入ったばかりらしく賑やかな様子の現場に向かって、桜さんが大声で叫んだ。
「じゃーん！　魅惑のユニセックスができ上がったわよー！」
「さ、桜さん……！」
　もう少し、地味な紹介で良かったんだけど！
　その声で、来たときと同じように一斉に視線が向けられて。
　今度は、大歓声に包まれた。
「あれが、さっきのメガネ!?」
「マジ!?」
「こりゃ……予定してたのより、イメージ合いそうじゃねーか！　確かに救世主だ」
　僕に、坊主、と言ったおっさんも顔が綻んでいて少し安心する。
　全体に、この前と同じくらいの活気が戻ってきたのが分かって、なんだかすごく嬉しくなった。
　この人たちの仕事、無駄にしたくない。
「那智くん！　やっぱり！　眼鏡なんか、しない方がずっといいよ」
「だな。遥が言ったときは、おれも、ちょっと信じられなかったけど。にしても、化けたなあ！」
　遥と賢悟が、楽しそうな顔で近寄ってくる。
「大丈夫、かな」
「まったく問題ないよ！　っていうより、やっぱり那智くんで、大正解！」
「……っぶはっ！　シン、お前大丈夫か？」

2人の後ろに立っているシンは、目を見開いたまま動かない。
　その瞳を、僕は真っ直ぐに見た。
　シンが納得しなかったら、アウトだ。
「誰、お前……」
　ってか、そっから!?
「笹本那智です。よろしくお願いします」
　いつもシンがそうするように、にやり、と笑いながら言ってやった。
「……うっそだろ……有り得ねぇし……」
「シンが納得してくれないと、僕、困るんだけど」
　まだ混乱しているシンに、もう一度声をかけた。
「納得って……お前、なんで普段、あんなカッコしてんだよ……」
「そんなの今は関係ねーし。なんだよ、やっぱり素人の僕じゃ一緒に仕事するの、無理？」
　要領を得ないシンの言葉に、僕は少し不安になってくる。
「いーの、いーの。那智くん、気にしないで！　シンはお子様だから、状況を把握するのに時間がかかるだけ」
「そーそー。俺たちがいいって言ってんだから、シンなんか放っとけって！」
　あ、やっぱり。
　普段から子ども扱いされてんだな、こいつ。
　シンは、2人のセリフに言い返すこともしないで、ただ、僕を見つめていた。
　放心状態のシンとまともな会話が成立しないまま、ＫＩＸの撮影が再開された。

僕はメイクルームへと戻り、3人の魔女に再び色々な魔法をかけられて、渚さんが用意してくれていたホテルへチェックインできたのは夜の21時過ぎだった。
「もーだめ……疲れ、た……」
　ベッドへダイブして枕を抱えた。体全体が疲れきっているのが分かる。
　このまま寝たら、すっげー気持ち良さそ……。
「……あー……、だめなんだっけ……」
　桜さんから手渡されたいくつかの小瓶。
　ホテルは乾燥しがちだから、洗顔の後は忘れずにケアするように言われていたのを思い出す。
「魔法を持続させるってのも、案外大変なんだな……」
　貰った紙袋を逆さにして、ベッドの上に小瓶を転がした。
　やることやって、とっとと寝よ……。
　なんて頭では思っているのに、うつ伏せのまま起き上がることができない。
「うわっ……」
　腹の下で、突然振動が起こって上半身が跳ねる。パーカーの前ポケットに手を伸ばすと、携帯が震えていた。
「はーい……」
「……俺だけど」
「俺様ですかー……ってか、ナニ？　僕、すっげー疲れてるから、手短に、お願いします……」
「何号室？」
「はあ？」
　だから、今は、あんたと繋がらない会話をする元気なん

てまったくないんだってば。
「今いる部屋、何号室だよ」
「717、だったと思う、けど……なんで？　あんた家に帰ったんじゃねーの？」
「今から行く」
「は？　シン、ちょ……」
　……って、また切られてるし。
　来るって、何しにだよ。
　結局あの後シンとは話せずじまいで、ＫＩＸは先に帰ってしまっていた。他の仕事でもあったのかもしれない。
「ホント……めんどくせーやつ」
　もしシンに、やっぱり納得できない、とか言われても。
　もう引き返せないところまで来てしまってる。
　僕は再びベッドに身を沈め、目の前に転がっている小瓶を指で弾いた。
　10分も経たないうちに響く、ドアをノックする音。
「早いって……こいつ、どこにいたんだよ」
　せっかく少しは余裕のあるスケジュールを組んでもらってんだから、家で休んでりゃいいのに。
　ふらふらと部屋のドアに手をかけて、招かざる客と対面する。
「……何か用？」
「話、あるから……とにかく、中に入れろよ」
「シン、今からやめろって言われても、もう……」
「ちげぇよ！　んな話じゃねーし」
　だったら、明日撮影のときに話しゃいいだろ！
「……入れば」

言い返す気力も無い。
　変わってしまった外見に見慣れないのか、シンは眉を顰めながら、何度も僕の全身に視線を動かした。
「お前、眼鏡、しなくていいのかよ」
「あー、あれ……伊達眼鏡だから。僕、視力は両目1.5だし」
「はあ!?」
「なんだよ……訊きたいことって、まさかそんなことじゃねーだろーな」
　だったら、帰ってくれよ。
　質問になら、明日答えてやるって。
「……つーか、さっき現場で訊いたことに……那智、答えてねぇし」
「さっき……？」
「なんで普段あんなカッコしてんのか、訊いただろ！」
「……別に、そんなの僕の勝手だろ」
　そんなこと、シンに関係なくない？
「なんで隠すわけ？　……あの詞に関係あんの？　それとも、正月に一緒にいたやつ、とか」
「シン……」
「何……話す気になった？」
　そうじゃねーって。
　僕は、わざと大きな溜息と一緒に呟いた。
「あんた、マジで、ウザイんだけど……」
「な……っ」
　お察しの通り、どっちも関係してるよ。だけどシンにそこまで話さなきゃならない理由なんてないだろ。
　僕とシンは、シンが僕を切ってくれるまでの、期限付き

の友達なんだからさ。
「どうせ、この撮影が終わったら元に戻すんだし。そんな気にしなくてもいいって……」
「気になんだから、しゃーねぇだろ」
　また、そんなガキみてーな顔して。
　セクシーな男ってのはドコに行ったんだよ。
「……那智が、中学までは梨夢ちゃんと同じ顔してたって、マジだったんだな」
「……まーた、梨夢情報かよ、それ」
　梨夢のやつ、余計なことばっかり喋りやがって。
　窓際に置かれたソファに我が物顔で座ったシンが、絶対帰らねぇ、って顔をしている。
　それを認めた僕は、話を逸らすことも意図しながら、仕方なく飲み物の用意をすることにした。
　部屋には、ありがたいことにパウダータイプのインスタントじゃなくて、コーヒーメーカーが備え付けられていた。このホテルのオリジナルブレンドらしいコーヒー豆をセットして、スイッチを入れる。
「中学の途中から、今みたいになったんだ、って」
　まだその話、続けんの？
「もう、いーって……」
「……ってことは、お前、わざとあんなダセェ見た目にしてたってことだろ」
　部屋の中に、コーヒーの甘さを含んだ香りが広がり始める。琥珀色の液体をカップに移して、シンの前にある小さなテーブルに置いた。
　少し広い造りになっているとはいえ、ここはシングルルー

ムだ。ソファはひとつきりで、そこにはシンが陣取っている。
　この部屋の主であるはずの僕が、どうしてかベッドへ腰かける羽目になった。
「シン、質問がそんなのなら、帰ってくんない？」
「コーヒー出した５秒後に言うセリフじゃねぇし、それ」
　僕、今すっげぇ性格悪くなってんだよ？
　そういうときに、呼んでもないのに来た、あんたが悪いんだっての。
「あのさぁ、僕、友達に自分のこと全部知ってほしい、とか思ったことねーから」
「んだよ、急に……」
「だから、シンに話すことなんか、ひとつもないワケ」
　シンが僕を睨みつけても、言葉を選ぶつもりなんかない。
「あんただって、僕みたいなのはタイプじゃねーって言ってたじゃん。そんなやつのこと気にしてたって、忙しいアイドル様の貴重な時間が潰れるだけだろ？」
「お前、その言い方、めちゃめちゃ腹立つ……」
「……あ、それともナニ？　僕の見た目が変わったら、シンの好みだったとか？」
　──この一言が、余計だった。
　言葉を、ちゃんと選ぶべきだった。
　絶対にそれはないと思ったから、苦笑しながら出た言葉。
　それなのに、シンは無言で僕を見据えたまま目を逸らさない。
　なんでいつもみたいに、んなわけねぇし！　とか、言ってこねーんだよ！　シャレになんねーだろ。

ここで目を逸らしたら負けだ、と分かっていたのに。
「……そこ、黙るトコじゃ、ねーんだけど」
　コーヒーを飲むふりをして、僕の方から視線を外してしまって。
　たぶん、この瞬間に。
　僕とシンの形勢が──逆転、した。
　シンの瞳には、みるみるうちに妖しい光が宿りだし、薄い唇にほんの少しの笑みが浮かぶ。
「友達には、話せないって……？」
「……僕、あんたのそのヤラシイ顔、嫌い」
　無意識なのか知らないけど、下唇の端を舐めるその癖も、嫌いだ。
「那智とは、友達、やめる」
「は……？」
　シンの突然の申し出に、すぐに返事を返すことができなかった。
「……そりゃ、ありがたい、けど」
　シンの目が細められて、その奥に潜む真意が読み取れない。
　だけど、あんたがこんな顔をしたときは……ロクでもないこと考えてるに決まってんだよ！
「なぁ、渚さんが言ったこと、覚えてる？」
「飽きたらポイ、ってことだろ？」
　たった今、僕をそうしたみたいに。
「そうじゃねぇよ……その後の」
「その後？　……あれか。落とすまでは他には手を……」
　出さない……って。

は？
「シン……何、考えてんだよ」
「何って、そりゃたぶん……那智が考えてることと一緒じゃね？」
「あんた、ほんとに馬鹿じゃねーの⁉　ちょっ……、近寄んなっつーの！」
　シンはにやにやと笑いながら立ち上がって、僕の方に向かってくる。それに気付いてベッドの隅の方まで這い上がった僕は、シン目掛けて枕を投げつけた。
「……っと！　あぶねぇって。ホント可愛げのねぇ猫」
　シンの右手に簡単にキャッチされた枕は、ぽいっ、と返される。
「不細工な、だろ！」
　もう一度それをぶつけてやったら、今度は床に落とされて。
「……もう、違うじゃん？」
　なんなんだよ！　その、楽しくてしょーがねぇ、みたいな表情は！
「ひ……、人を見た目で判断すんなって、ガキの頃、習わなかったのかよ！」
「俺らのショーバイ、見た目って重要だし？」
　どん、と背中が壁にぶつかる。
　そんな僕を面白そうに見ながら、シンがベッドの上に乗り込んできた。
「シン！　落ち着けって！　あんた、なんか変なスイッチ入ってるし！」
「落ち着くのは、那智じゃねぇの？」

シンの濡れた唇が滑らかに動いて、『セクシーな男』の顔がどんどん近づいてくる。
　こんな状況で、落ち着けるかっ！
「とっ、友達に、こんなことしていいと思ってんのかよ！」
「だから、さっき解消しただろ？　……つか、ダチじゃ落とせねぇし」
　このままじゃ、マズイ！
　渚さんが、ほくそ笑んでいる姿が浮かぶ。
　なんとかしないと、想像もしたくないような事態に陥りそうだ。
　疲れた頭をフル稼働させて必死に考えていた僕に、シンが話し続ける。
「渚さんが言ってたことがホントなら、那智だって男もイケんだろ？」
　その言葉で、気付いた。
　……なんだ。
　こいつ、全然本気じゃねーんだ。
　僕を落とすことを、ゲームみたいに楽しんでるだけだ。
「は……あほらし…」
「あ？　今、なんつった？」
　シンの動きが、お互いの鼻の先が触れそうな位置で、ようやく止まる。
　僕の、あのときの先輩への気持ちを、あんたと一緒になんかしてほしくない。
　あんたみたいなやつ、男も女も見境なく好きなだけ派手に遊びまくって、週刊誌にでも撮られちまえばいいんだ。
「シンの暇潰しになんか、付き合ってらんねーよ……マジ

で、もう帰って。明日も仕事あるし」
「こんなとこで、帰れると思う？」
「……もう、いいって。その作った顔は嫌いだって言っただろ。男とか女とかじゃなく、僕、シンには興味ないから」
「へぇ……言ってくれるじゃん」
　そう言って、僕から視線を外さないままベッドから下りると、腕を組んで壁に寄りかかった。
　そのまま顎を少し上げて、馬鹿にしたように、ふ、と笑う。
「お前、俺が本気じゃねぇと思ってんだろ」
「どうでもいいって、思ってんだよ」
「……ま、明日も確かに仕事あるし。今日は、勘弁してやるけど」
　部屋から出て行こうとしているシンの背中に向かって、僕は小さな声で言い返した。
「あんたと僕は、友達じゃなくなったんだろ？　だったら、今日も明日もねーっての……」
　僕の声で、ぴくりとシンの肩が揺れて、ドアを開けようとした手が止まる。
　ゆっくりとこちらを振り向くその仕草は、指の先まで計算されているように見えた。
「那智さぁ、あんま俺を甘くみんなよ？　……そういう強気な態度、逆に煽ってるって気付かねぇ？」
　まるでドラマの台詞みたいなことを、最高に厭らしい顔で言い残すと。
　部屋のドアは、静かに閉じられた。
　僕は閉まったドアをしばらくの間ぼんやりと見つめ続けて、ベッドの上の小瓶がぶつかる小さな音で我に返った。

……どこまでも、ワケ分かんねーやつだな。
　シンの言うことなんか、いちいち真に受けてられねーっての。
　明日のことだけを考えられるように、ぎゅっ、と目を瞑り頭を横に強く振る。
　一気に襲ってきた疲労感と戦いながら、重く感じる自分の体をシャワールームへと無理やり向かわせた。

　　　　　　　§　　§　　§

　僕が思っていた以上に、このプロジェクトは大掛かりなものだった。
　発売されるメンズ用の香水は、3種類。その香水と3人のイメージがぴったりだったからKIXにオファーがきた、と遥が教えてくれた。
　単独のフィルムの撮影は終わっていて、残されていたのがモデルと共演するバージョンの方だった。
　事務所的に、というかたぶん渚さん的に、ドラマ以外でKIXに特定の有名な女優や女性アイドルをつけることを、今の段階では避けているらしかった。
　それでもCFには相手が必要なパターンが存在したから、モデルには中性的な男性を、ということになったらしい。
　撮影は、タイプの違う香水を実際に身につけて進められた。香水1種類に対して1日を費やす、という気の遠くな

るようなスケジュール。

この規模のスタッフや場所を、もう一度押さえるなんて無理に決まっていた。

初日の賢悟とのＣＦは、少し年上の先輩である賢悟が、初めて香水に興味を持った後輩に香水のイロハを教えてやる、という内容になっていた。

使用されるのは爽やかなグリーンの香り。そのときの僕はどちらかというと「男っぽい」イメージでなければならなかった。

２日目は遥。今度は、好き合っているけどまだ友達同士の２人が、お互いに香水を贈り合う、というもの。

ほんの少しの甘さを含んだブルーの香水が、遥の担当だった。こっちの僕には「もしかすると女の子かも」と思わせることができるくらいの、可愛らしさが付け加えられた。

なんて言ってみても、結局そう見えるのは桜さんの腕や撮影スタッフの技術の力で。

実際の僕は、言われた通りに体を動かすことだけで精一杯だった。

賢悟も遥も僕の緊張を解すように接してくれたから、明るいムードのまま撮影は進んでいった。

僕を坊主、と呼んだおっさんは五味さんといって、なんと現場のエライ人だったらしい。五味さんは、やっぱり口は悪いけど、分かりやすく演技指導してくれる結構いい人だった。

シンは、単独の仕事がいくつか入っていたみたいで、遥と賢悟の撮影の間中、とうとう一度も顔を出さなかった。あの日の夜から、僕への電話やメールもしてきてない。

今日は撮影３日目。
　この２日間なんとか頑張ってきたけど、今日の相手がシンだと思うと気が滅入る。
　僕は重い足を引きずるように、昨日までと同じく早めにメイクルームへ入った。
　素人の僕に、３つのコンセプトを一度に伝えたら混乱するだけ、と五味さんが言って。
　僕は、撮影当日の朝にその日の内容を教えてもらっていたから、今日もメイクルームには３人の魔女と五味さんがいる。
「おはようございます」
「よお、よく眠れたか？　坊主」
「帰ったら、即、寝ちゃってますよ……皆さん、本当にタフですよね」
　桜さんの横の椅子に座りながらそう言うと、五味さんは、がはは、と豪快に笑った。
「この世界は体力勝負だからな！　でも、坊主は素人の割によくやってるよ。今日は最終日だから、あと少しだ。一緒に頑張ろうな」
「はい。よろしくお願いします」
　僕もつられて笑うと、五味さんの大きな掌で、セット前の髪をくしゃくしゃと撫でられる。
「じゃあ、今日のコンセプトの説明するぞ」
　この瞬間から、五味さんもプロの顔になる。
　僕も、その言葉を聞き逃さないよう真剣に向き合った。
　けれど、その説明を聞いているうちに、僕の顔は酷く険しいものになっていく。

「どうした坊主、変な顔して」
「いや、だって……」
「何も、本当にしろってんじゃねーんだぞ？　今時の高校生は、もっとすごいんじゃねーのか？」
「ちょっと五味さん、そんなからかうような目でなっちゃんを見ないでよ！」
「そうよ！　五味さんと一緒にしないでよね！」
　桜さんや佐藤さんが、助け舟を出してくれるけど。
　今回のシンとのテーマが変更になるわけがなくて。
「からかったつもりはねーんだが……まあ、今回のが一番難しいって言やあ、難しいかもなあ」
「難しいっていうより……」
　嫌なんです、とは、4人のプロを前にしては言えなかった。
「大丈夫よ！　シンくん、こういうの慣れてるから！　リードしてくれるって」
　まだ顔をしかめたままの僕に、森さんも笑顔で励ますように声をかけてくれる。
　慣れてるだろうから、嫌なんだって……。
　だから、か。
　こういう内容だから、必ず『中性的』じゃなきゃならなかったのか。
　ＫＩＸの3人それぞれの、イメージに符合する香水。
　世間一般から見たシンのイメージは。
　絶対に間違っていると思うけど。
　セクシーな男、だから。
「……そんな顔されてもなあ。今更、こいつを変えてやる

ことはできねーんだよ」
　五味さんが、申し訳無さそうな顔をして僕の顔を覗き込んだ。
「す、すみません。大丈夫ですから！」
　五味さんが悪いわけじゃない。
　素人の僕を起用することで、現場の責任者である五味さんが一番大変になっていたのは分かっていた。
　僕とシンとのことで、この『仕事』に悪影響を与えるわけにはいかない。
「じゃ、なっちゃん、メイク始めるわね。今日もアタシが、めいっぱいキレイにしてあげるから！」
　その場の雰囲気を和らげるように、桜さんが立ち上がった。
　僕は鏡の前に座って、さっきの内容をもう一度頭の中で繰り返す。
　単刀直入に言ってしまえば。
　シンとのテーマは『情事の後』ってやつだ。
　女のコに大人気のシンの『そういう』相手に、名の知られた女性を起用するのは、確かに双方のリスクが大きすぎるだろう。だからって、こんなシーンに見るからに男ってやつを使えるわけがない。
　眠っているシンの横で『性別不詳』の僕が、シンの香水をつけてベッドルームから立ち去る。シンは香水の瓶を手に取って、その残り香に微笑を浮かべる。
　ユニセックス――男女兼用で使用できる、という部分を強調するには、ぴったりの。
　妖しさ満点のストーリー。

もしも、これだけだったなら、シンとの絡みなんかあってないようなものなのに。
　──ＣＭの導入部分が、キスシーンだった。
　触れるか触れないかのぎりぎりのところで、僕が立ち去るシーンへと画面が移行する流れだから『本当にする必要』は、確かにないんだけど。
　そういうムードを、よりによってシンと作り上げなきゃならないってことが、僕の心をどんよりと落ち込ませた。
「ほら、なっちゃん、そんなに暗い顔しないで！　もう少し顔を上げて」
　桜さんに注意されて、鏡に顔を向けたとき。
「……はよ、ざいまーす」
　寝起きみたいな声で挨拶をしながらメイクルームの扉を開けたシンと、鏡ごしに目が合う。
　シンが僕の表情を捉えて、小さく笑った。
　今日の流れ、聞いただろ？　とでも言うように。
　僕はとっさに目を逸らして、下唇を嚙んだ。
「あっ！　なっちゃん、唇動かしちゃダメよっ！」
　桜さんに怒られて、ごめんなさい、と謝る僕を見て、シンの肩が愉快そうに揺れる。
　その余裕のある態度が。
　……ほんっと、ムカつく！　どうせまたガキみたいに、俺の勝ち、とか思ってんだろ！
「じゃあな、坊主。頑張ってくれよ？」
　現場へ戻ろうとしている五味さんに、強く頷いてみせる。
「……なんだ？　坊主、随分やる気のある顔になってんなあ！　もう、大丈夫だな」

やる気、というよりも。
なんだろう、闘志ってやつか？
シンの思い通りになんか、させてたまるか！　あんたがセクシーだなんて、僕は認めてねーんだからな！
僕とシンの準備が整ってセットに向かう途中、今日初めてシンに声をかけられた。
「残念だったなぁ？　本番のないキスシーンで」
そこは、まったく残念じゃないから。
むしろ、あんたの頭の中身が残念だっての。
「那智には前に、自己中でヘタそう、とか言われたし。そうじゃねぇこと分からせてやるチャンスだったのに」
「一生分かりたくねーし」
僕は歩きながらシンを下から睨みつけた。
それでも、シンの表情には勝ち誇った顔が浮かんだまま。
こいつの顔が商売道具でなきゃ、殴ってやるのに。
腹の立つことに、僕の衣装はここに来て最初に着せられた薄紫色のシャツ１枚で、同じ生地で作られたズボンはシンの衣装になっていた。
要するに、１組のパジャマを分け合って着てるってわけだ。
この、どこまでも渚さん好みのような気がしてならない設定に、うんざりする。
森さんが全身のサイズを正確に測ったはずなのに、僕には大き過ぎる理由がこれか。
基本はシンのサイズになっていて、この衣装に関して言えば、直したのは部分的なラインだけだったんだ。
しわになりやすい素材だから、という理由で、僕は膝上

15センチくらいまでしか丈の無い、そのシャツ1枚しか着ていない。トランクスなんかもってのほかで、辛うじて許されたのはぴったりと肌にフィットする、パンツだけだった。

　シンの衣装はズボンだから、今はカーディガンのようなものを羽織っているけど、撮影が始まれば当然それは脱ぐことになるんだろう。

　セットは、男の部屋のベッドルームとして完璧に作られていて、ライトは暗めに当てられている。

　メイクルームを出る前につけられた香水のカラーは、ライトバイオレット。少しの重さを感じさせるようなオリエンタルなそれは、今までのものよりも強い芳香を放つ。

　ラストノート、と呼ばれる頃に、ふわりと甘さを醸し出す種類のものだと桜さんに教えられた。

　情事の後の残り香にふさわしい、淫靡(いんび)な匂い。

　本当にこれが、シンのイメージだってのか？

　シンに会ってから今までずっと、心底疑問に感じていたことがまた浮かんでくる。

　僕は深呼吸して、息を整えた。

　ベッドに2人でいるシーンから撮影が開始され、僕はシンと一緒に、準備されているキングサイズのベッドへ渋々入り込んだ。

　スタート、の言葉が聞こえる一瞬手前で、シンが閉じていた目をゆっくりと開く。カメラに向かって浮かべた不敵な笑み。

『K』のスイッチが入った、瞬間だった。

　あの歌番組のときと同じ。

目の前で起こったシンの瞬間的な変化に、僕は息を呑んだ。
　セクシーな男、と評されているプロとしての『K』を、僕は軽く考え過ぎていた。
　少なくても僕自身は、シンに対してそんなふうに思うことなんて一度もなかったから。
　眠っている演技をしているシンの腕の中で、纏わりつく２人分の香りに酔いそうになる。
　すぐそばにカメラがあるという現実だけが、僕の平常心を保たせてくれる唯一だった。
　こいつ……本当に、完璧に作ってるんだ。
　自分がどうすれば一番良く見えるのか、どの角度が一番映えるのかを知っている──眠っている、その顔さえも。
　普段のシンを知っているはずの僕ですら、こっちが本当のシンなんじゃないかって、騙されそうになる。
　惑わされるな。
　何度も何度も、心の中で繰り返した。
　僕がベッドから抜け出す動きを何パターンか撮り続けたところで、２人一緒のカットが一度終わってホッと息を吐く。
　その後、僕だけのシーンを撮り終えると、今度はシンがひとりでベッドの上にいる部分の撮影が始まった。
　僕はその場にいなくても良かったのに。
　カメラの前で、瓶を見つめながら、去ってしまった『僕』を本当に愛おしく思っているようなシンの微笑から目が離せなかった。
　長い指が瓶を揺らすと、紫の光がゆらゆらと輝く。

その色も、香りも。
　フィルムを通して映るシンには、吐き気がするくらい似合っていた。
　何度かの休憩が挟まれていたのに、僕はシンと一言も話せていない。
　このシンのバージョンだけは、セリフがひとつもなかったせいもある。
　でもそれ以上に、シンの雰囲気が普段と違いすぎて、怖かった。
　最後に残された、キスシーン。
　あんなに完璧に自分を演出できるやつを相手に、キスの演技なんか。
　できんのかよ……僕。
「ラスト、始めるぞー」
　俯いてパイプ椅子に座っていた僕の心境なんかお構いなしに、最後通告のように倉庫内に響く五味さんの声。
　……よし。
　深く考えるの、やめよ！　そーだよ、あいつは、プロなんだもんな。
　あれくらいできて当然、ってか、あれでメシ食ってんだし。これさえ撮っちまえば終わりだ。
　元通りの生活が待ってるんだ。
　動揺している気持ちを、かなり強引な理屈で抑え込んで、既にベッドの上で準備していたシンと向き合った。
「ピントはシンに合わせる。坊主の顔は、実際の映像では結構ぼやけると思うけど、油断するんじゃねーぞ」
　言われなくたって、油断なんかできる状況じゃない。

シンは、さっきからずっとキャラ変わったままだし。どっちが本当の顔なんだか、もう僕にも分かんねーよ。
　天井から吊るされているカメラが、すごく近い位置でスタンバイしている。
「……っぷ！　ナニ？　柄にもなく緊張してんの？」
　僕の顔は、そんなに強張っていたんだろうか。
　耐え切れなくなったように小さく噴き出したシンが、周囲に聞こえないくらいの声で囁いた。
「心配しなくても、こんなとこで本当にしたりしねぇし」
「当たり前だ！　っつーか、こんなとこじゃなくたって、ほんとにされてたまるか！」
　これが、シンなりの気遣いだったのかは分からない。
　でも、僕の張り詰めていた糸が少し緩んだのは確かで。
　そんな僕を見て安心したように、五味さんが開始の合図をかける。
　できれば、１回で済ませたい。
　そんな僕の希望は叶えられるどころか、シンの顔が重なるよりも先に、３度もＮＧを出される始末だった。
「坊主！　お前、それがキスする瞬間の顔か！　もう少し色気出せ！」
　ほんと、こえーんだって、本番中の五味さん！
　色気って言われたって。
　普通以上に地味に生活してきた17歳の高校男子に、色気出す機会なんかなかったっての。
「あー……桜さん、那智、汗かいてるから直した方良くね？」
　至近距離で、シンのむき出しの肩が揺れて、笑いを堪えている様子が嫌でも目に入る。

こいつは、ほんとに！　どこまで僕を苛々させれば気が済むんだよ！
　あんたは、いろんなやつとやりまくってて慣れてるかもしれねーけどな！
　僕なんか、キスなんてもう何年も。
「なっちゃん」
　心の中で、目の前の男に対して罵詈雑言(ばりぞうごん)を吐いていた僕に、メイクを直しながら桜さんが入り込んできた。
「もしかして……キス、したことないの？」
「……あ、りますけど……」
　もごもごと言った僕の言葉に、素早くシンが反応する。
「は!?　あんの!?」
　ないと思ってたのかよ!?　大概失礼なやつだな！
　そりゃ、あんたと比べたら、ないに等しいだろーけどなっ！
「じゃあ、そのときの誰かを思い出して、やってみたら？」
「そのとき、の……」
　誰か、なんて言われても。
　僕がキスしたことのある相手なんか、ひとりしかいない。
　月島先輩──。
　先輩のキスは、割といつも突然で。
　普段は優しいくせに、いつまでも離してくれないくらい強引なときもあって。
「よし、もう１回いくぞ」
　そう言った、五味さんの声はよく聞こえなかった。
　先輩とのキスでいつもそうしていたように、僕の瞼が次第に伏し目がちになる。

僕の名前を呼ぶときの、少し甘い声。
　穏やかで優しい、眼差し。
　キスをするとき、いつも肩に添えられていた、暖かい手。
　こんなふうに思い出しても、痛みより先に切なくなるのは、傷が癒えてきてるせいなんだろうか。
　あの温もりが嘘だったなんて……本当は、思いたくなかった？
　僕の目には、もうシンなんか映っていなかった。
　だから。
　ＯＫの声がしても止まらないシンの動きを。
　その唇が必要以上に近づいてくるのを。
　制止することが、できなかった。
　ふいに訪れた、やわらかな感覚にカラダが跳ねて、目を見開く。
　目の前に見えるのは、薄く開かれた、優しさなんか欠片もないようなシンの瞳。
　耳に入る、カメラの機械音。
　自分の身に起こったことを把握するまでに、かかった時間は、３秒。
　その隙を狙うように、濡れた感触が侵入しようとしてきたときには。
「い、って……っ！」
　シンの無防備な腹筋に、僕の素足で見事な一撃が決まった。
「……っにすんだよ！　那智！」
「それはこっちのセリフだっての！　ほんっとに信じらんねーやつだなっ！」

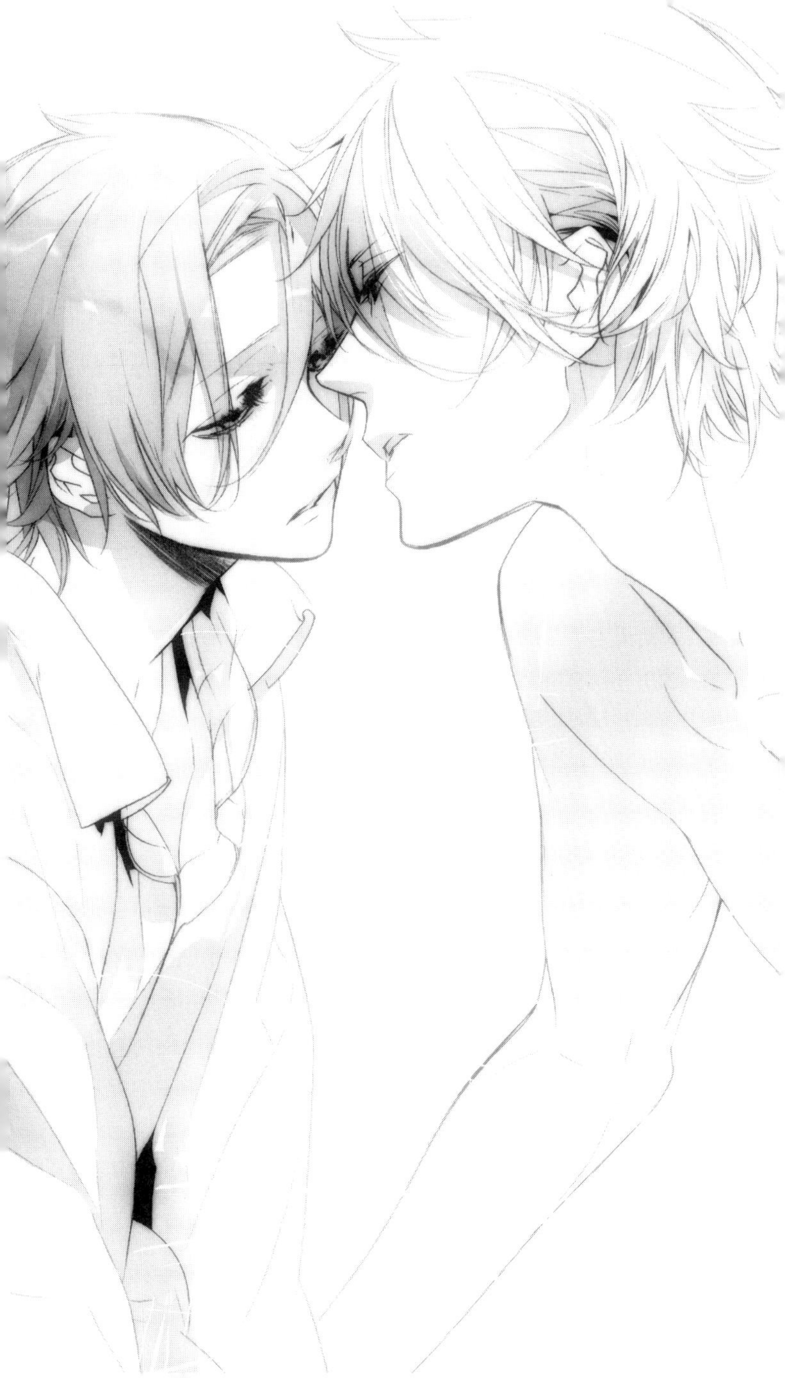

静寂を打ち破る僕の怒号に、五味さんが一際でかい声で笑った。
「坊主！　今の顔、良かったぞ！」
「まさか……今の、撮ったんですか!?」
　しかも、使う気ですか!?
「安心しろ。最後までは使いやしねーから」
「じゃあ、そのフィルムあたしにちょうだい！」
　知らないうちに、渚さんが現場に入っていたらしい。
　その傍には、笑いを必死で噛み殺している賢悟と遥の姿もあった。
「ちょっ……渚さん！　社長のあんたが、何馬鹿なこと言ってんですか！」
「大丈夫！　誰にも観せずに、ひとりで観るから！」
　そーじゃなくて！
　抗議しようとしても、瞳をきらきらさせている渚さんには、何を言っても通じなさそうで。
「マジ、いてぇんだけど……アイドルに、これは……ちょっと、ひどくね？」
　眼下には、腹を押さえてうずくまっているシン。
　この期に及んで、なにがアイドルだ！
「もう１回蹴られてーのかよ!?　顔を殴らなかっただけ、マシだと思えっ！」
「や、なんか、色っぽい那智の顔見てたら、止まんなくなっちまったっていうか……」
　そんなん理由になるか！
「馬鹿か、あんたはっ!?　どこまで見境ねーんだ！」
「しかもお前、明らかに俺以外のやつのこと、考えてたし

……そういうの、なんか腹立つじゃん」
　何自分は悪くねー、みたいな顔してんだ、コイツ！
　僕は、キスしたことのある相手を考えてたんだ！　それが、あんたなワケねーだろ！
「あー、とにかく、これでアップだ！　みんな、お疲れさーん！」
　終わりそうにない僕とシンの争いを打ち切るかのように、五味さんが終了を告げると、現場のスタッフから盛大な拍手が沸き起こった。
　もしも遥か賢悟との撮影が最終日だったなら、僕はここで涙のひとつも流して感動していたかもしれないのに。
　……そんな気分になれるかっ！
　ひとしきり続いた拍手の音が止むと、片付け作業が始まって、現場が賑やかになってきた。
　まだ腹の虫が治まらない僕の傍に、遥と賢悟がやってくる。
「やられちまったなあ、那智！　……にしても……っ、シンに、マジ蹴り……ぶはっ！」
「賢悟！　笑うな！」
　右手で腹をさすりながら賢悟を睨みつけたシンに向かって、
「やっぱり那智くんを手なずけるのは、シンには難しいみたいだね」
　と、遥が面白そうに言う。
「遥も賢悟も、思いっきり他人事だしっ！」
　僕がふくれっ面で２人を見ても、やつらの笑いは止まりそうにない。

「まあまあ、シンにはちゃんと注意しといてもらうって」
　賢悟が僕の頭を撫でながら言ってくれたけど。
「……注意って、誰にだよ」
「そりゃあ……渚、さん？」
　疑問形だし！　苦笑しながら、顔逸らしてんじゃねーよ！
「……あの心底楽しそうにしてる人が、注意なんて、してくれると思う？」
　五味さんと話をしている様子の渚さんを見ながら、今度は遥に訊いてみた。
「うーん……良くやった！　とか言いそうだよねぇ……でもさ」
　いいのが撮れて良かったね、なんて、エンジェルスマイルを向けられたって。
「そりゃ、俺が一緒なんだから、いいのができるに決まってるし」
　今起こった出来事なんか、まるで気にしてないふうに。
　しれっと悪びれもせずに言うシンを。

　僕は、絶対に許したりなんか、しねーからな！

第 4 章
表と裏の境界線

カレンダー上では1月の3連休明けから、僕の学校の新学期が始まっていた。
　僕の髪の毛は全体的に軽くなってはいたけど真っ黒の色に戻り、分厚いフレームの眼鏡も相変わらずの必須アイテム。
　あの撮影の後も遥や賢悟とは、たまに連絡を取り合っている。シンから連日のように届くメールや電話着信の方は、当然すべて無視、だ。
　メールなんか、届いた端から読まずに削除してやった。
　正月明け、というのは、どういう業界も忙しいんだろう。シンと『偶然』会うこともなく、僕は至って平和な毎日を過ごしていた。
　今日は散々休んだ後の最初の金曜日で、なぜか普段の週末の何倍も嬉しい。朝が弱いのに、この冬休みは色んなことで早起きしなくちゃならなかった。
　明日と明後日は、好きなだけ寝てやる！
　上履きと外靴を交換しながら、他人から見たらどうでもいいようなことを強く決心する。
「じゃあな、笹本」
「あ、うん。さよなら」
　放課後の下駄箱で、僕に声をかけて帰っていくクラスメイト。遊びの誘いなんかあるはずもなく、通りすがりの挨拶ってだけ。
　名門私立男子高と銘打ってはいても、中にいるのは15歳から18歳までの普通の男なわけで。いかにも優等生的なやつもいれば、適当に遊んでる派手めのグループだってある。

僕はそのどれにも属していない、孤高の、と言えば聞こえはいいけど、要するにいるんだかいないんだか分からない、そういう存在だ。
　今なら、もう少し社交的になってもいい、と思える。
　でも入学当初の僕は完全に人間不信になってしまっていたから、他人との接触はできるだけ避けていた。
　その結果が、これだ。
「ま、あと1年だもんな。大学デビューで、いっか」
　親友と呼べるやつがいなくても、これといって不自由はしてないし。別に苛められてるわけでもないし。
「さて……と」
　今日から1週間は父さんも出張だから、帰るのが少し遅くなっても大丈夫だよな。
　図書館に行き週末の課題を片付けた後、読みたかった本を全部借りて家へ帰ってきた僕は、玄関のドアを開けた。
　……あれ？　電気点いてる。
　梨夢のやつ、金曜日だってのにもう帰ってきてんのか？
　週末に僕より早く家にいるなんて、珍しいこともあるもんだ。
　借りすぎた本を落とさないように抱えながらリビングの扉を開け、当然そこにいるはずの梨夢へと声をかけた。
「ただいまー」
「……おかえりぃ」
「梨夢、夕飯もう食っ……」
　……ん？
「食ってねぇ。腹減った」
　本をカウンターに置いて振り返ると、ソファに寝転んで

るやつの長い足が見える。雑誌を顔の上に被せるように置いて、左手で腹を抱えている男。
　……えーと。
　ここは僕んち、だよな？
　うちの家族の中に、あのソファに横になってあんだけ足が余るやつ、いたか？
　とっくに答えが出ている問いを、自分の中に投げかけた。
「……っ、梨夢……っ！」
　姿の見えない妹を呼び出すように２階に向かって叫んだ僕を見て、雑誌をずらして顔の上半分だけ覗かせたそいつの目が笑っている。
「梨夢ちゃんなら、夕飯の買出しに行ったからいねぇよ？」
「なんで、あんたがここにいんだよっ！」
「だって、俺、梨夢ちゃんとお友達だし？　ってか、お前、マジで髪とか元に戻しちゃったのかよ！」
「帰れっ！」
「あ、可愛い妹の友達に、そういうこと言っちゃうワケ？」
　とうとう床に雑誌を放り投げて顔の全部を晒したシンが、ひっでぇ兄貴、とうそぶく。
　梨夢も可愛くなけりゃ、あんたも可愛くねーし！
　ソファから立ち上がったシンは、相変わらずの俺様目線を上から落としてくる。
「何しに来たんだよ！」
「だから、友達の梨夢ちゃんの手料理食べに？」
　手料理、だ!?
　あいつが料理してるとこなんか、学校の調理実習以外で見たことねーっつの！

両親がいないときに家で夕飯食べるなんてこと、絶対しないような女なんだぞ！
「那智……こえーよ、その顔」
「そうさせてんのは、あんただ！　いいから、さっさと帰れよっ！」
「ちぇー、なぁんで、そんなダッセエ格好に戻しちゃうかなー。あんときの顔、超色っぽかったのに……」
　この馬鹿！
　やっぱりあのときに、二度とアイドルなんて呼べないような顔にしてやるべきだった！
「シン……まさか、梨夢にその話」
「……あれー？　もしかして、してほしくねぇの？」
「……っ！　する必要ねーだろっ！」
　あんだけ長く拘束されたんだ。
　何もないじゃ済ませられなかったからＣＦ撮影に協力したって話はしたよ、しましたよ！　しつこいくらい口止めしてな！
　だけどシンとキスしたことなんか、話す必要がどこにあんだよ！
「ふーん……そっか。言いたくねぇんだ？」
「言う必要がない、っつってんだよ！」
「あのさ、俺、今日めいっぱい仕事したの。んで今、すっげぇ腹減ってんの。賢い那智チャンなら、分かるよな？」
　シンの奥二重の瞳が楽しそうに細められ、口の端が上がっている。
「また、それか……あんた、ほんとに脅迫すんの好きだよな」
「脅迫って、俺、まだ何も言ってねえじゃん」

「そのヤラシイ顔が、全部物語ってんだよ！」
「セクシーって言え！」
　そこに抗議すんな！
　……だめだ。こいつとの会話は疲れる一方だ。
「……メシ食ったら、即、帰れ」
「早く梨夢ちゃん、帰ってこねーかなー」
　人の話、聞いてんのか！
　梨夢が帰ってきたって、メシ作んのは僕だ！
　再びソファに横になって、あたかも自分の家のようにくつろぐシンを見ないようにしながら、僕は自室へと続く階段を上った。
　ジャージに着替えてもう一度リビングへ戻ると、梨夢の「ただいまぁ」というのん気な声が聞こえて玄関へと急ぐ。
「あれ……那智、帰ってたの？」
「なあにが、帰ってたの、だ！　どういうつもりだよ、あれ！」
「だって、お腹すいたって、メールが来たんだもん」
「外で食ってくればいいだろ！　いつもそうしてんじゃねーか！」
　父さんが知らないだけで、梨夢には自称『彼氏』という男が随分いる。ただ家に連れてきていないだけだ。
　親がいない夜なんか、いつもそいつらの誰かと一緒に食ってるくせに。
「アイドルと外でご飯なんかできるわけないでしょ！　それに那智、またシンからの連絡、無視してるんだってね？」
「……梨夢には、関係ないことだろ」
「じゃあ、あたしの友達が遊びに来るのも、那智には関係

ないわよね？」
「あのなあ……」
　まだ言い足りない僕を無視して、梨夢はスーパーの買い物袋を持ったままリビングへと入っていく。
「ただいま！　シン！」
「おかえりー！　ごめんな、一緒に行ってやれなくて」
「そんなの大丈夫！　お腹すいたでしょ。ごめんね、もう少し待ってね」
　なんなんだよ、その恋人同士みたいな会話は！
　２人とも僕の前での態度と違い過ぎて、安っぽいドラマでも観せられてる気分だ。
「那智、そんなとこに、ぼーっと立ってないで！　ご、は、ん！」
　入口に立ったまま動けなくなっている僕に、台所で食材を広げながら、梨夢が呼びかけてくる。
　お前さっき、僕には関係ない、とか言ってなかったか？
「え？　那智が作んの？」
「那智、お料理好きだもんね！」
「へぇ、そうなんだ」
　……僕が料理好きだなんて、初耳だけど。
　お前が全然ダメだから、仕方なく作ってるだけだろ！
「僕は外で食べてくるから、２人で勝手に食えよ」
　なんで『お友達同士』の夕飯を『関係のない』僕が作ってやらなきゃなんねーんだ。
「やだっ！　行くなら、ご飯作ってから行ってよ！」
　どこまで自己中なんだよ、お前は！
　梨夢を睨みつけた僕に向かって、シンが目を細めて呟い

た。
「……さっきの、もう忘れちまったの？　那智」
「え？　シン、さっきのって？」
「この間のＣＦ……」
「ばっ、……作ればいいんだろっ！」
　それのどこが脅迫じゃないっていうんだ！
　──で、結局、こうなんのかよ。
　リビングで談笑している２人の声に、ぼやきながらジャガイモの皮を剥いてる僕って、相当情けなくねーか？
「那智ー、何作ってくれんのー？」
「……カレー」
「マジ!?　俺、大好物！」
　しまった。
　あいつが嫌いなものを調べてから、それメインで作ってやりゃ良かった。
「っつか、俺、嫌いなものねぇし」
　声に出す会話はてんで成立しねーくせに、なんでこんなときばっか僕の心の中を読むんだよ！
　僕は乱暴に包丁を使いながら黙々とカレーを作り続け、それができ上がる頃になって、やっと梨夢が皿にご飯を盛る、という単純作業を始めてくれた。
　テーブルに３人分の皿を並べて、ようやく夕飯の時間。
「へー、普通に美味いんだけど」
　それ、褒めてねーから。
　カレーを食べたシンが驚いた顔をしてそう言っても、僕は一言も喋らずにカレーを口に運んだ。
　梨夢とシンは、またどうでもいいような会話で盛り上が

っている。
　……それにしても。
　梨夢と話しているときのシンは、どことなく不自然だ。
　遥も賢悟も、普通に会ったときとテレビの中とで、そんなに印象が変わったりしない。自然、とまではいかないけど、大きなギャップを感じることなんかない。
　KIXの中で、シンだけがなんか違うような気がすんだよな。
　この間の撮影のときみたいに、仕事の度にいつも自分を演出してるんだとしたら。
　うわー……それって、すっげー疲れそう。
　ま、アイドルの世界ってのは、そういうもんなのかもしんねーけど。
「那智、俺、ビール飲みたい」
　はあ？
　梨夢との会話がひと段落したのか、シンは唐突に僕を見て図々しいことを言い放った。
　食ったら帰れって言ったの、聞いてねーのかよ。
「あ、いーわよ那智、あたしやるから」
「っつーか、シン、あんた未成年だろ」
「成人式の日のテレビ、観てねぇの？　俺、その日誕生日。ちゃんと大人になりましたー」
「……あっそ」
　あんたが大人なんて、世も末だ。
　ぷしっ、と缶を開ける音がして、黄金色のビールが勢い良くシンの喉(のど)に流し込まれていく。
　昨日今日、初めて飲んだやつの飲み方じゃねーから、そ

れ。
「……そういや、あんた今日ここまでどうやって来たんだよ」
　既にグラスに２杯目のビールを注いでいるシンに、念のため確認してみる。
　まさか、だよな。
「車だけど」
「な……っ、もう飲むな！　飲酒運転になんじゃねーか！」
「だなぁ。でも、もう飲んじゃったし……泊めてもらうしかねぇかも？」
「ほんとー⁉　泊まって、泊まってー！」
「梨夢！　そんな簡単に許可すんな！」
　タクシーとか、代行使うとか、帰る手段なんかいくらでもあんだろ！
「いーじゃん、どうせお父さんたちいないし。今日のシンは、あたしの友達だもん」
　その友達のメシ作ったの、誰だっけ？
　親がいないときに泊める『男』が『友達』だなんて、誰が信用すんだ！
　言いたいことは山ほどあるけど、口に出しても虚しいだけで。
　この自己中大王と女王の２人がタッグを組んだら、僕の言うことなんかひとつも通らねーってことくらい。
　もう、いい加減分かってるよ、僕だって。
「……僕、部屋にいるから、後は勝手にしたら」
　空いた皿を片付けた後、梨夢とシンをリビングに残して僕は自室へと戻った。

年頃の妹と、食い散らかし魔らしい男を２人きりにしたことを知ったら、父さんなんて憤死するかもしれない。相手が梨夢だから、食われるのはシンかもしれないけど。
　僕は帰れって言ったよな。
　だから、ナニかあったとしても僕のせいじゃない。
　机に重ねて置いたままの本の中から１冊を選び出して、ベッドに寝転がる。
　小さな頃から本を読むことが好きだった。月島先輩と出会ってからは読むジャンルも広がって、今じゃ立派な活字中毒。
　階下から聞こえる忌々しい笑い声をＢＧＭに、読むことに集中する。
　本当ならこの本は、冬休み中に読み終わっていたはずだったんだ。

「……あ、れ？　今……何時だ？」
　床に本が落ちる音がして、目が覚める。僕は本を読んだまま、うたた寝してたらしい。
　まだボーッとした状態の中、リビングからの声が消えているのに気付いた。
　まさか、とは思うけど。
　一応、あんなやつでも妹だし。
　階段を下りる途中で飛び込んできた光景に、自分の目を疑う。
　ソファに寝ているらしい梨夢に、覆いかぶさろうとしているシンの後姿。
　あいつ、ほんとに誰でもいいのかよ!?　見境なさ過ぎだ

ろ、それ！
「シン！　お前、やっていいことと悪いこ……」
「しーっ！　静かにしろって！」
　階段から大声を出した僕に向かって、シンが慌てた様子で口元に人差し指を当てた。
「へ？」
「寝ちゃったんだよ、梨夢ちゃん。部屋に運んでやろうと思ってただけだっつの」
「あ、なーんだ……」
「おま……、俺のこと、どういう目で見てんだ」
　梨夢を横抱きにしたシンが小さな声で抗議してきたけど、別に謝るつもりなんかない。
　あんたの手の早さは、身をもって体験済みだからな。
「うわー、女子高生の部屋ってカンジ」
　梨夢をベッドに寝かせると、シンが珍しそうに部屋の中を見渡している。
「あんたは見慣れてんじゃねーの？　女の部屋なんか」
　厭味ったらしく言ってみても、
「女子高生とはやんねーよ、さすがに」
　さらっと返されて、こっちが恥ずかしくなる。
「お、Pandoraのポスターじゃん。お前も貼って……」
「ると思う？」
「……思わねー、ってか、ほんっと可愛くねぇ……」
　廊下に出て、シンをどこに寝せようかと考えながらリビングへ向かおうとする僕の腕が、シンの手に引き止められた。
「なあ、那智の部屋って、どこ？」

「どこでもいーだろ」
「あれ？　今日の那智に、拒否権あるんだっけ？」
　……今日じゃなくても、僕があんたに拒否権を発動できたことなんかあったかよ。
「……こっち」
「へー、梨夢ちゃんの隣の部屋じゃねーんだ」
「そっちは、母さん用」
　今は、半分物置みたいになっちゃってるけど。
　に、してもさ。
　きょろきょろと物珍しそうに僕の後をついてくるこの男は、本当にアイドル様なんだっけ？
　シンの楽しそうな様子を横目で見ながら小さく溜息を吐いて、僕は部屋のドアノブに手をかけた。
「予想通りっつーか……なんもねぇ部屋だな」
「……男の部屋なんか見たって、面白いことねーだろ。リビングに布団敷いてやるから、もう寝ろよ」
「やぁだね。今日、那智と全然喋ってねーし。今から男同士、夜通し語り合おうぜー？」
　何言ってんだ？　こいつ。
　呆気にとられている僕に構わず、シンはベッドを背に床に座り込んだ。
「語り合うって……あんたと話すことなんかねーし」
「……キス」
　だから。
　そのネタで、どこまで引っ張る気なんだ。
「前から訊きたかったんだけど……あんたさ、なんでそんなに僕に執着してんの？」

「……珍しいから？」
　珍獣扱いですか……。
「僕は、どこにでもいる、普通の男子高校生のつもりだけど？」
　シンを追い出すことを早々に諦めた僕は、背もたれに腕をのせ椅子に跨った。
「那智さあ、あんま友達いねーだろ」
　また、始まったよ。
　質問に質問で返すなって。
「シンは幅広ーく、いそうだもんな、いろんなオトモダチが」
「……かもな」
　厭味にも、気付かねーのか。
　成り立たない会話に苛々し始めた僕に、シンが言葉を続ける。
「自称トモダチも含めたら、どこまでがほんとのダチなのかなんて、俺にも分かんねーし」
　その言葉の最後の方が小さくなって、シンが自嘲気味に笑ったのが妙に引っかかった。
「自称って、なんだよ。梨夢の彼氏どもみたいなやつ？」
「ぷ……っ！　梨夢ちゃんも、なかなかやるじゃん……ま、似たようなもん」
「ふーん……」
「ふーん、って……冷てぇ反応」
　シンが、苦笑しながら上目遣いで僕を見上げた。
　僕が、あんたに優しくできると思ってんのか？　どこまでおめでたいんだ、こいつの頭の中は。
「ってか、シンは結局、何が言いたいわけ？」

「ＫＩＸのＫになってから……那智が初めてだったんだよ、な」
「何が」
「俺を、栗栖神、として扱ったやつ」
　なんだ、そりゃ？
「あんたがスーパーアイドル様だって、一応、僕だって知ってるけど？」
「知ってても、ぜんっぜんそうは思ってねぇだろ、お前は！」
　そういうところは、妙に鋭いんだよな。
　っつーか、散々脅迫されてる相手をアイドルとして扱えってのが無理な話だろ。
「なんだよ、今更あんたにサインでも貰えっての？」
「ちげぇって……だから、気になったのかも、那智のこと」
　じゃあ、あれか。
　最初にちゃんとアイドルとして扱ってやってれば、こんなに長く付き合うことにならなかったのか。
　そういう大事なことは、最初に教えてほしかったけど。
「出会いからしてメールで喧嘩売ってくるし、知り合ってからも、事あるごとに全無視されるし」
　恨みがましい目でこっちを見るなよ。
「あんた、自分が悪いことしたとか、思わねーわけ？」
「……分かんねー」
「分かんねーって……」
　毛先が跳ねた少し長めの髪を掻き上げて、シンは溜息を吐いた。そういう何気ない仕草も、いちいち様になるっていうのが僕としては非常に気に食わない。
「俺、最近自分のことも、良く分かんなくなってきたし」

「……は？　もしかして、シン……悩んでんの!?」
　こいつでも悩むことあんのか！
　天上天下唯我独尊が服着て歩いてるようなシンが！
　僕は吹き出しそうになるのを堪えるために、右手で口元を押さえた。
「んだよ、俺だって悩むことくらいあるっつーの」
　失礼なやつだな、とそっぽを向いたシンは。
　やっぱ、ガキみてーだし！
　こんなことで拗ねてるやつが、大人？　成人式って嘘だろ、絶対。
　ヤバイ……大笑いしそう。
「……な、何を悩んでんだ、よ、っ……？」
　なんでそんなことを僕の前で話してるのかは、分かんねーけど。
　とりあえず、訊いてやるよ。
「那智！　ここ、笑うとこじゃねぇだろ！」
「ぷはっ……！　いーから、言ってみ？」
「……仕事のときの俺と、そうじゃねぇときの俺。周りが求めてんのは、明らかに仕事上の『K』だろ？　ここんとこ仕事忙しいから『K』でいる時間なげーし。そうするとさ、そうじゃねぇときの俺って、全然価値がねぇみてーじゃん？」
「……そーなんじゃねーの？」
「は!?　今、那智、仕事以外の俺には価値がねぇって言った!?」
　シンが、驚いた顔をして目を見開く。
「って言うか、シンの仕事って、そういう仕事なんじゃねー

の?」
「そーだよ!　その通りだよ!　だからって……」
「……あんたさ、ファンのコたちのこと、1回ちゃんと見た方がいいよ?」
「あいつらなんか……っ、仕事用の俺に、夢見てるだけ、だろ……」
　本当はそう思いたくないっていうのが、片膝に額をつけて小さく呟くシンから伝わってくる。
　馬鹿だなー、こいつ。
　自分がどれだけ愛されてるか。
　どれだけ特別な存在なのか。
　全然分かってねーんだもんな。
　僕はCF撮影のときに、遥と話したことを思い出していた。
　本当なら、ああいう場合最も悪いのは広告代理店になるはずで、MBOはむしろ被害者然としてても構わなかったらしい。
　つまり渚さんが頑張ることも、まして責任を取るなんてことも、する必要はなかったんだ。
　それでもあんなに渚さんが必死になって僕を説得したのは、スタッフのことを考えたのはもちろんだろうけど、何よりもKIXにとって『いい経験になる仕事』だと思ったからで。
　そんな渚さんの気持ちが分かっていたからこそ、遥も桜さんも一生懸命だったんだ。
　遥の方がシンより年下なのに、ずっと大人じゃん。
　もしも仕事をしているときの自分を客観的にシンに見せ

ることができるのなら、鈍いこいつでも分かるんだろうけどな。
『特別な人間』って、いるんだってことが。
「シン、あんた、一人っ子だろ」
「……なんで分かんだよ」
　だって。
　今の僕の心境は、３つも年上のシンに対して完全に『お兄ちゃん』モードになってるし。
　ほんと、遥、甘やかしすぎだって。
「僕さ、シンのことはやっぱ嫌いだけど」
「なんで今、そういうセリフ言うんだよ！」
　泣きそうな顔すんなっての、さっきまで僕を脅してたやつが。
「いーから、最後まで聞けって。１回しか言わねーからな」
「何」
「……仕事のときの『Ｋ』だって、間違いなくあんたの中にある栗栖神の一部だろ？　そっちが評価されてて、素のシンが評価されてないって感じるのは、周りのせいじゃなくて、あんたのせいだ」
「……また、説教ですか」
　面白くなさそうに、シンはうんざりとした顔で僕を見た。
「仕事のときのあんたは、完璧過ぎんだって。ほんとの自分を認めて欲しいんなら、そういうトコもう少し出しゃいーじゃん」
　梨夢といるときのこいつも、仕事のスイッチが入りっぱなしだったんだ。梨夢は『Ｋ』の、ファンだもんな。
　どうりで不自然なわけだよ。

「んなもん、誰も見たかねぇだろ……」
「そうやって決めつけてんのも、あんた自身だろ。僕は普段のあんたなんか大嫌いだけど、少なくともそういうシンを見て、あんたのファンが離れていくなんて思えねーけど」
「……んなこと言って、離れたらどーすんだよ。いくらでも『代わり』がいる世界なんだぜ?」
「そうなっちゃったら、しゃーねーよ。栗栖神には、それだけの魅力がなかった、ってだけだろ?」
「それ、無責任すぎじゃね!?」
　シンは眉を顰めて僕を睨み付けた。
　僕はあんたの責任取らなきゃなんないような立場じゃねーっての。
　しかもさ。
「離れてほしくねーってことは、結局、仕事好きなんじゃん」
「……仕事が嫌なんて、言ってねぇし」
　拗ねたようにそう言うと、ぷいっ、とまた向こうに目を逸らす。
　あー、もー。
　そろそろガキモードから、抜けろよ。
　大人なんだろ?
「……シンの代わりできるやつなんか、いねーって。仕事してるときのあんたは、ちゃんとプロだし……何よりも、特別、なんだから」
　僕は、子どものようなシンを安心させるように微笑んだ。
　もしかしたら、こんなふうにシンの前で笑ったのは、初めてだったかもしれない。
「那智……?」

僕がこんなことを言うなんて、思ってもいなかったって顔だな。
　それを見て、また笑いが漏れそうになった僕の唇が。
　突然、塞がれた。
「……んっ、ふ……っ」
　床に座っていたはずのシンが、椅子の背もたれを挟んで僕をきつく抱き締めている。油断していた僕は、強引な舌の侵入を防ぐことができなかった。
　痛いくらいに口内を蹂躙されて、そこに広がる苦い味。
「……っにすんだよ！　や、……めろ、って……シン！」
　両手で力いっぱい相手の肩を押しやり、なんとか体を引き剥がすことに成功すると、目の前のシンは濡れた唇をぺろりと舐めて妖艶な笑みを浮かべている。
「だって、あんな顔してあんなこと言われたら、ちゅーしちゃうだろ、普通」
　さっきまでの、しょんぼりしたやつはどこに消えたんだ！
「あのなあっ！　僕は、あんたのそういうところが大嫌いなんだよっ！　しかも、超酒くせーし！」
　……ってか、こいつ全然顔に出てないけど。
　もしかして相当酔ってんじゃねーか？
「ビール、何本空けたんだよ!?」
「……６本、くらいじゃね……？」
　そのままずるずると床にへたり込んだシンから、すぐに聞こえてきた寝息に怒りがこみ上げる。
　ふざけんな！
「したい放題しやがって、寝んのかよ！」

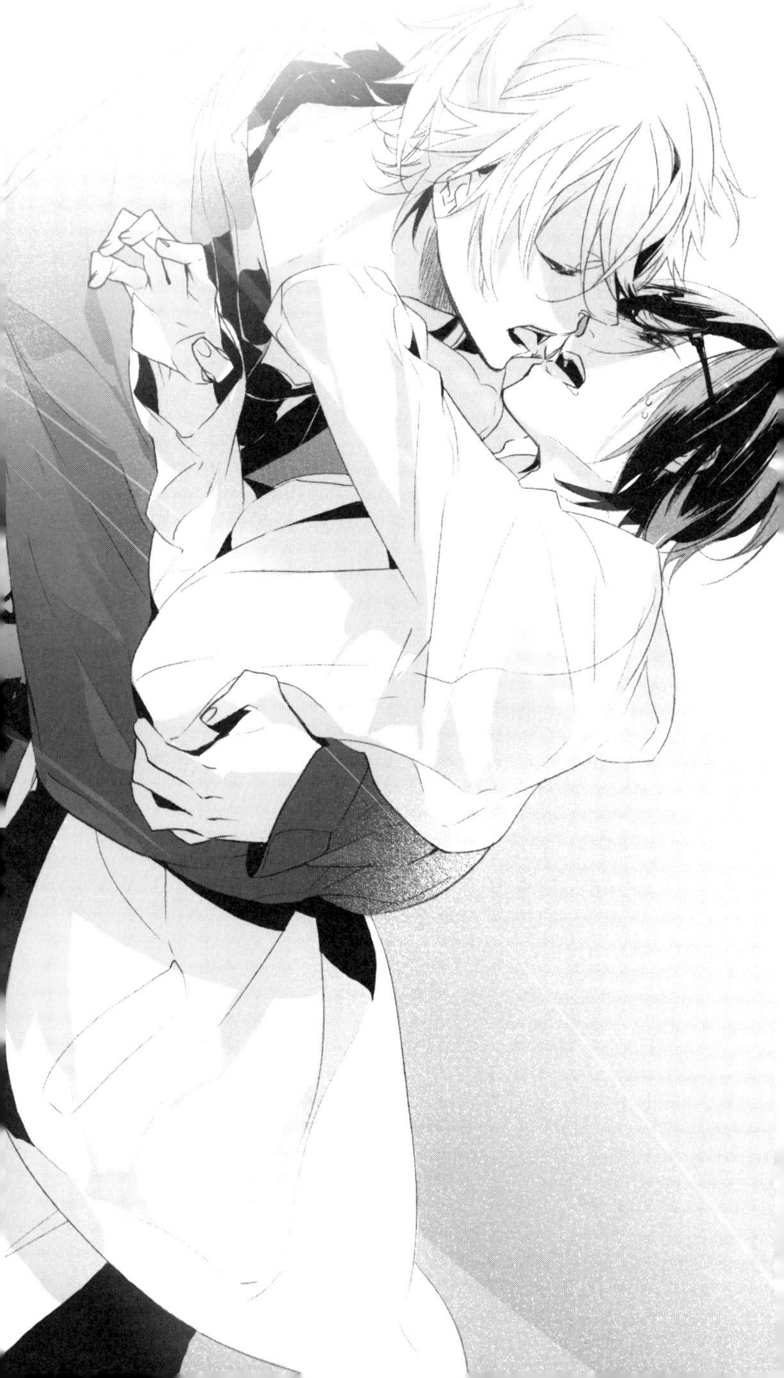

酔ってんなら、もうちょっと酔っ払いらしくしろよ！
 こんなんじゃ、僕が今夜言ったこと、あんた、絶対明日覚えてねーだろ！
 すっかり寝入った様子のシンの寝顔は、確かにこの間の完璧に作ったそれとは違っていた。
 それでもそこには、閉じられた切れ長の目に長い睫、通った鼻筋に形のいい薄い唇といったパーツが、きれいに収まっている。
 随分、満足そうな顔して寝てんじゃねーか。
 寝転がっているシンの背中を腹立ち紛れに蹴ってから来客用の布団をかけてやると、寒いのか、それに包まるようにもぞもぞと体勢を変える。
 とりあえず、あんたは寝てるところから見せてけばいいんじゃねーの。
 喋ると、馬鹿なのバレバレだし。
 ってか、ファンのコなんて、そういうあんたにもとっくに気付いてそーだけど？
 ベッドに入りながら、床の上のアイドル様にひとしきり毒づいて、僕も眠りに落ちた。

「……ん……っ、あ……」
 ……なんだ？
 朝っぱらから、誰の声だよ？
「……ふ、……ん、んっ……？　……って、おいっ！」
 これ、僕の声じゃん！
「やーっと起きた。おはよー、那智」
 朝から無駄に爽やかな笑顔を振り撒いている男の左腕

は、何故か僕の首の下にあって。
　僕の胸のあたりに直接あたっている、ぞわぞわする感触は、たぶんこいつの右の手で。
「うっわ……っ！　ってぇーっ！」
　布団の中で思いっきり蹴り飛ばしてやると、派手な音とともにベッドから転がり落ちる、不届きな侵入者。
「な、な、なんであんたが僕のベッドに入ってんだっ！」
「っつーか、普通、客を床に寝せるか？　夜中に起きたら、すっげぇ寒かったし」
「誰が客だっ！」
「って……！　那智っ！　いてぇって！」
　僕は乱されたジャージを素早く元に戻し、床の上のシンを右足で踏みつけながら、機嫌の悪い声で問いただした。
「……ナニを、するつもりだったんだよ、あんた」
「やだなぁ……那智だって、分かってんだろ？　……っ、ぐえっ」
　シンの腹の上に載せた足に更に体重をかけると、つぶれた蛙みたいな声を出して、降参、と喚いている。
　こいつがアイドル、だ!?
　人の寝込みを襲うような真似するやつが!?
　いつもなら寝起きの悪い自分が、すっきりハッキリ目が覚めてしまった土曜日の朝。
　どうして休みの日にゆっくり寝たい、というささやかな希望すらも叶えられないんだ。
「早く仕事に行っちまえっ！」
　僕の足の下から抜け出したシンは、顔を顰めて立ち上がった。両手で、さも痛そうに腹をさすっている。

「マジいてぇし……手加減てもんを知らねーんだもんなー」
　襲われそうになったってのに、手加減なんかできるか！
「あんた、どんだけ欲求不満なんだよ!?　食い散らかそーがなんだろーが、もうどうだっていいから！　僕と関係ないとこで死ぬほどヤってこいっ！」
　できれば、そのままこっちの世界に戻ってくんな！
「……ヤってこいって……那智、朝からヤラシー」
　あんたにだけは言われたくねーよ！
「顔、殴られてーのか!?」
「っつーか、他のやつなんかヤダね」
「は？」
「那智が、いい」
　こいつ、昨日飲んだ酒で、とうとう頭のネジが何本か外れちゃったんじゃ……。
「シン、まだ酔ってんの？」
「那智だって、昨日俺のこと、特別、とか言ってたし？」
「あんた……なんか、激しく勘違いしてねーか？」
　しかも思いっきり都合良く。
「もうおせぇし。俺、昨日のアレで、本気になっちゃったから」
「よく瞬時にそういうヤラシイ顔、作れるよな、ほんと」
　にんまりと笑うシンの顔を見て、僕は深く溜息を吐いた。
「あんたとは今後一切連絡を取るつもりはねーし、梨夢と遊びたいってんなら、僕とは関係ねーとこで勝手にしろ」
「……俺からの連絡無視したら、公共の電波使って、那智に告白してやる」
「…………っ!?」

呆れすぎて、声も出ない。
　何、言ってんだ、こいつ。
　どうして、こんなに凶悪な脅迫者の悩み相談になんか、乗っちゃったんだ。
　その上、励まして自信つけさせて、どーすんだよ。
　あのまま奈落の底に突き落として、引退まで追い込んでやれば良かった。
「言っとくけど、冗談じゃねぇよ？」
　瞳を三日月形にしたシンの、濡れた唇から告げられたのは。
「那智のこと、ぜってぇ、落としてみせるから」
　それは、なんだ？
　今度こそ愛の告白ってやつなのか？
　……どこの世界に、脅迫しながらそんなセリフ言うやつがいんだよ！
「僕は、あんたなんか絶対に好きになったりしねーよっ！」
　叫んだ僕の耳には、渚さんの高笑いが聞こえたような気がした。
　ドアがノックされるのと同時に飛び込んできた梨夢の元気な声が、僕の怒りを増幅させる。
「おっはよー！　あれ？　那智が起きてるなんて珍しい！
　……って、どうしたの？　怖い顔しちゃって」
　どうしたの、じゃねーっつの！
　お前がこんなやつ家に連れてこなかったら、僕は今頃まだベッドの中で、幸せな夢のひとつでも見てたんだ！
　なんで、こんな悪夢みたいな朝を迎えなきゃなんねーんだよ！

「ね、朝ご飯、食べよー」
　それは、こんな状態の僕に、作れって言ってんの？
「梨夢……お前、僕が機嫌いいように見えるか？」
「見えないけど、あたしには関係ないもん。それとも前髪、切ってほしいの？」
「俺も、腹減ったなー。午後からテレビの収録あるし」
　悪びれずにそう言った梨夢とシンを睨みつけて、僕は脅迫者は２人いるという事実に、今更ながら頭を抱えた。
　もしもあの日に戻れるなら。
　絶対にこいつにメールなんかしない。
　あの歌だって、聞かなかったことにするのに。

　　　　　　♪　　♪　　♪

　あれから、シンはシンなりに自分の仕事ってものを少しは考え直したらしい。
　もちろん本人が直接そう言ったわけじゃないけど、一昨日の夜に遥や賢悟から届いた同じようなメールの内容から、それが分かった。

======================
From：X
Sub：報告だよ！
Date：2008. 1. 21. Mon.
======================
今日はトーク番組の収録があったんだけど、シン、ちょっと変わった気がしたんだよね。週末に、那智くんの家に行ったとか言ってたけど、何かあったんでしょ？
今度会ったときに、ナニがあったか、必ず教えてもらうからね！
そういえば、もうすぐ、あのCMが始まるよー！
楽しみだね！

======================

=======================
From：I
Sub：元気か？
Date：2008. 1. 21. Mon.
=======================
那智、シンとなんかあっ
ただろ！
あいつ、お前に手出すな
とか意味不明なこと俺に
言ってきたぞ。
もしかして、もう食われ
ちまった？
とりあえずシンはいい方
向に向かってるカンジだ
ぜ？
もし那智のおかげなら、
ＫＩＸのリーダーとして
お礼言っとかねーとな！

=======================

あの夜の僕の言葉はシンの記憶に残っていたらしく、一応相談に乗ってやったことは無駄ではなかったようだ。
　……相当、自分勝手に解釈してた部分もあったけどな。
　シンが仕事に集中してくれるなら、それに越したことはない。
　それにしても、賢悟になんてこと言ってんだ、あの馬鹿は。あんなに簡単に手を出そうとするやつなんか、シンくらいだっての。
　脅迫とワンセットの『愛の告白』を受けて数日が経った今も、僕は当然本気になんかしていなかった。
　あれから何度か受信したメールの最後に、恥ずかしげもなく表示される「愛してる」だの「会いたい」だのといった文字は見ないふりをして、当たり障りのない返信を送っている。
　今のところ『公共の電波』を使った告白はされずに済んでるから、とりあえず返事さえしとけばいいってことみたいだし。
　あとは珍獣扱いされてるらしい僕に、早く飽きてくれるのを待つだけだな。
　水曜日の今日、僕は月島先輩と待ち合わせしているコーヒーショップへ向かっていた。
　晴れの日が続いていた最近にしては珍しく、雪が舞っている。
　先輩とは何度か連絡を取り合ってはいたけど、こうして会うのは正月のあの時以来で、少し緊張する。告白されたことをすっかり忘れていた僕に、先輩はそれ以上追及してはこなかった。

ホント、どっかの見境ねーやつとは大違い。
　少し早く来すぎてしまった僕は、カフェラテを注文して小説を読みながら先輩を待った。
　店内に流れるクラッシックの穏やかなＢＧＭ。誰にも邪魔されずに、本の世界に浸っていられる時間。
　これこそが僕の求めている穏やかな日常ってやつだ。
「那智、ごめん、少し遅れたな」
「あ、全然、大丈夫ですよ」
　ホットコーヒーを片手に、はにかんだ表情で現れた先輩を見て、なんだかホッとする。やっぱり、先輩の持っている柔らかな雰囲気はとても懐かしい。
　もし、本当にあのことが誤解だったなら……僕はもう一度この人を、好きになれるかもしれない。
　コーヒーを飲む先輩の唇の動きで、撮影のときの自分が頭に浮かんでしまって、体が火照ってくるのが分かった。
　でも、すぐ後にシンにキスされたことまで思い出した自分に心底腹が立つ。
　その記憶を振り切るように、僕は先輩との会話に没頭した。
　今お互いが読んでる本の話や、推薦入学で決まっているという先輩が行く大学の話。それはまるで中学時代に戻ったかのようで、あんなことがあったなんて嘘みたいな時間だった。
　中学のときの僕が、とても大切にしていた時間。
　先輩の僕を見る目がすごく優しい気がするのも、きっと勘違いなんかじゃないよな。
「……そういえば、梨夢ちゃんて今、彼氏とかいるの？」

「──え？」
「や、那智はずっと、誰とも付き合ってなかったんだろう？ 妹もそうなのかなあ、って」
　先輩のその質問は唐突過ぎて、なんとなく不自然な気がした。
　僕が誰とも付き合わなかったのは、ある意味、月島先輩のせいなんだけど。
　でも答えなかったら、なんか僕だけがいつまでも昔のことを気にしているみたいだし。
「あー……どれが彼氏なのか、分からないくらいいるんで。中学のときから、イイ男好きってのは変わってないですし、梨夢は」
「……そんなにいるのか？　じゃあ、那智も、負けてられないな」
「あ、はは……ですよね」
　っていうか、先輩。
　この間僕に好きだって、言いましたよね？
　なんだろう。なんか、ちょっと……イヤな感じがする。
　告白したことに一切触れてこないのは、先輩が優しいから、だよな？　それとも、僕の方から、ちゃんと言うべきなのか？
　先輩のことを、もう一度信じたいって？
　だけど、好きかどうかなんて、まだ分かんねーし。
「じゃあ、そろそろ出ようか。暗くなってきたし」
「あの……っ」
　立ち上がった先輩に話しかけようとしても、続く言葉を見つけられずに言い淀んでしまう。

「どうした？」
「……あ、……いえ」
　僕は、たぶん心のどこかで、もう先輩を信じてしまってるんだ。
　あの辛い過去は、全部誤解だったんだって、そう思いたいんだ。
「次に会うときは、その眼鏡外しておいで。その方が、絶対に那智らしいから」
　どんな僕だって、僕には変わりないでしょう？
　ふんわりと笑うその顔が。
　もう、嘘だなんて思いたくない。
　もう、あんな痛みを味わいたくはないんだ。
「……はい、そう、します」
　先輩の言葉に、小さく頷いた。
　駅の改札まで一緒に歩く途中、先輩が話しかけてきても僕はまともな返事ができなかった。
　今、僕の方から好きだと言って、中学からこの瞬間までの月島先輩とのすべてが『本当のこと』になるのなら。
　僕の傷は、完治するんじゃないのか？
「あ！　那智ー！」
　東口の方から声が聞こえて、その方向に目をやると手を振る梨夢の姿があった。
　あいつ、また誰かと遊んできたんだな。
「あ、じゃ、おれはここで。また連絡する」
　先輩に梨夢を紹介した方がいいのか一瞬悩んでいた僕に、早口でそう言うと。
「え？　せんぱ……」

そそくさと改札を抜けて、先輩はホームへと消えてしまった。
　まるで梨夢と顔を合わせるのを避けるかのようなその態度が、僕を一層不安にさせる。
「那智！　一緒に帰ろ！」
「恥ずかしいから、でかい声で叫ぶなよ」
「何よ、そんなカッコで外歩けるんだから、このくらい平気でしょ」
　だよな。
　こうして並んでいる僕たちを見て、双子だなんて思うやつはいないよな。
　僕たちは、もう、全然違って見えてるよな？
「そうだ！　今晩、あたしの友達泊まりに来るから！」
「……誰だよ、友達って」
　誰が来たって、もうメシは作んねーぞ。
「あははっ！　そんな顔しないでよ！　大丈夫、学校の友達だってば！」
　ほんとにお前は父さんがいねーと、好き放題だな。
　楽しそうに今夜の予定を話し始めた梨夢を見て、僕は小さく息を吐いた。ホームに到着した電車に、人の流れに逆らわずに乗り込む。
「あ、ねえ、那智。さっき那智と一緒にいた人ってさ」
　少し混んでる車内に並んで立つと、梨夢が思い出したように言った。
「那智の、中学のときの部活の先輩？」
「……なんで、梨夢が知ってんだよ？」
　文芸部なんて、梨夢には一番縁遠い分野のはずだ。

男同士で付き合ってるっていうことにやっぱり罪悪感があった僕は、先輩の話題を家で出したことはなかった。
　だから、先輩のことを梨夢が知ってるわけがないのに。
「えーと……もう、時効なのかなあ」
「時効？」
「あたし、あの人から告白されたことあるもん」
「……告白？」
　周囲には乗客がたくさんいるはずなのに、その騒音が全然耳に入ってこない。
　梨夢の声だけが、直接僕の鼓膜に突き刺さっているみたいだ。
「……勘違いじゃ、ねーのか…？」
「うーん、ていうかさ。１回目はあの人が卒業するときに告白されて……まあ、見た目悪くないけど、あたしの好みじゃなかったし。で、断ったら、那智には絶対に言わないでくれって言われたのよね、そういえば……部活の後輩だからって」
「１回目って……どういうこと、だよ？」
　頭がぐらぐらする。
　これ以上は聞くべきじゃない。
　何も知らなければ、傷付くことだってない。
　そう、思ってるのに。
「１年くらい前にも、学校の帰りに告白されたの。なんかしつこいなーって思った気がする。こっちも振った男のことなんかいちいち覚えてられないし、さっきまでほんとに忘れてたけど」
「……そ、……っか」

「やだ、那智、顔色悪いけど、大丈夫？　電車に酔っちゃった？」
　なんか、もう。
　なんにも考えたく、ない。
「……梨夢、僕……寄って来た店に、忘れ物、したから取りに戻る……」
「え？　那智、ちょっと！　ほんとに、大丈夫!?」
「大丈夫……先、帰ってて」
　ちょうどそのとき電車が止まって、僕は梨夢が纏う甘い空気から抜け出した。そこがどこの駅だろうと、そんなことはどうでもよかった。
　先輩が何を考えていたかなんて、分からない。
　もう分かりたくなんかない。
　梨夢をまだ諦めきれてないのか。
　僕を身代わりにするのが目的なのか。
　本当に、先輩、あなたという人は。
　あんなに優しい笑顔で、なんて上手に嘘を吐くんだろう。
　その全部に、僕は。
　いったい何度騙されれば気が済むんだろう。
　治りかけていたはずの傷口からは真新しい血が噴き出して、それがもう少しで涙となって出てきてしまいそうだった。
　改札を抜けるまで何人かの人にぶつかりながら、ふらふらと外に向かっても。
　そこから先は、どこに行けばいい？
　街の光はこんなに眩しいのに、僕の瞳には何ひとつ入ってこない。

誰か。
　誰か、助けて。
　僕をここから、救い出して。

　何も見えない。
　何も聞こえてこない僕の。
　制服のポケットから伝わる振動。
　手の中に収まるくらいの無機質なそれに、まるで縋(すが)りつくかのように、震える指でスライドを動かす。
「――お、１回で出た。珍し」
「……な、に」
　この声って、誰だっけ。
　ああ。
　すっごく忙しいアイドル様、だったかな。
「何って、休憩中だから、電話してみただけ」
「ふー……ん」
　駅の壁の大きなポスターで、ポーズつけて微笑んでた。
　僕とは世界の違う人。
「……那智？　なんか、おかしくね？」
「……僕のこと……好きだって、言ってよ」
　その嘘くさい顔でさ。
　初めから、嘘だって分かってる方が。
　その方が、ずっと、マシ。
「は!?　ちょっ……、マジで……那智!?」
「……ああ、別に、あんたは僕のこと好きってわけじゃねーんだもんな。ただ、珍しい……ってだけ、で」
　言葉を発してしまったら、もう堪(こら)えることなんかできな

い。
　真っ黒の空から降りてくる湿った雪が雪であることなんか一瞬で、それは瞬く間に制服の上に濃い色を作っていく。
「那智？　……まさか、泣いてんのか……!?」
「……っ……て、くれる……て……」
「何？　何言って…」
「守る、って……救ってくれるって……言ってたくせにっ！」
　やっぱり、あれは書き換えるべきじゃなかったんだ。
　絶望が希望に変わるなんて、御伽噺もいいとこだ。
「おい、那智！　今、お前どこいんだよ！」
　なんだよ、心配してんの？
　いらねーよ、そんな優しさなんか。
　あんただって、どうせすぐに。
　僕のことなんか忘れるんだろ？
　傷が、ぐじゅぐじゅと膿んでいくのが分かる。
「……っ、き……っ、嘘吐きっ！　あんたなんか、大嫌いだ！」
　あの歌を聴くことがなかったら。
　あんたなんかに会わなかったら。
　僕は、何も期待しないままでいられたんだ。
　──ほら、また、殻が作られていく。
　心を守ろうとする、固い殻。
「那智！　質問に答えろって！　そこ、どこだよ！」
　僕は、シンの問いかけに、まるで人形みたいに答えていた。頭の上にある駅名を、ただ読み上げる。
　感情を全部閉じ込めてしまうことが、僕にできる唯一だ

った。
「すぐタクシー乗れ。で、その運転手に携帯渡せ」
　シンの言葉に操られているように、冷たい体が忠実に動く。
　何も考えなくていいなら。
　ここから、どこかへ連れて行ってくれるなら。
　それが、一番、楽だった。

「——お客さん、具合大丈夫かい？　電話で言われた場所に着いたよ」
　焦点がうまく定まらないまま、タクシーから外に出た。
　ここに来るまでに、どのくらいの時間がかかったのかも分からない。
　目の前には、地下へと続いているらしい薄暗い階段。
「なっちゃん！」
　呼ばれた声で、ほんの少し意識が揺れる。
「びしょ濡れじゃない！　もう、何があったの!?」
「さ、くら……さ……っ」
　差し出された腕の中に倒れ込むように体を預けた僕を、強く強く抱き締めてくれるその体温に。
　凍らせていた涙が、また溶け出してしまった。
「もう大丈夫。アタシがいるから、ね？」
　言われた言葉に子どもみたいに何度も頷いて、それでも泣きじゃくる僕の背中をあやすように大きな掌(てのひら)が優しく動く。
　桜さんに抱えられながら階段を下りると、スモークガラスの扉が開かれた。そこから奥へと続く入口の手前で、随

分とクールな顔をしたひとりの男がこちらを見ている。
「桜庭さん！　お久しぶりですね……そちらの方は？」
「シンの、知り合いなの。もちろんアタシともお友達よ？　シンが来るまで、ここで待とうと思って」
「へえ……それもまた珍しいですねえ。栗栖さんのお友達だなんて久々だ。分かりました……では」
　どちらかと言えば冷たい顔立ちの男が、僕の方を見てふわりと笑うその顔は、まるで白い花が綻ぶように艶やかだった。
「あ……なっちゃん、身分証明書とか、持ってる？」
「……学生証、なら」
　言われるがままに制服の胸ポケットから学生証を出すと、男がカウンター上のパソコンに何かを登録している。
「はい、笹本那智様、ですね。私は谷原と申します。何かございましたら、なんなりとお申し付けください。そちらのドアから中へどうぞ」
　だんだんと覚醒してきた僕の意識が、ここどこ？　と問いかけてくる。
　谷原さんに示された真っ黒な扉に、書かれている銀色の文字。
　──Ambiguous
　その言葉のもつ意味を思い出せないうちに、桜さんに促されて扉の中に足を踏み入れる。
　店内は全体がブルーライトで仄暗く照らされていた。
　カウンターの内側に、壁一面に並べられた酒の瓶を背にしてシェイカーを振る男が２人。
　広いフロアの中央には、熱帯魚が泳ぐ大きな水槽。入口

から離れた奥の方に見える、いくつかの個室スペース。
　残りの壁はごつごつとした岩のようになっていて、まるで蒼い洞窟みたいだった。
「桜さん、あの……」
　入ってきた僕たちに向けられた視線の先に数人の客らしき姿があり、その全員が、やけに整った顔立ちをしているのに戸惑った。
「ここはね、言ってみれば、ソーシャルネットワークバー」
「ソーシャル……？」
「渚さんが、自分の事務所のコたちのために作った場所よ。ここに入れるのは……原則、事務所に所属してる誰かの直接の紹介があって、身元が確かであることを証明できる人だけ」
　じゃあ、ここにいるのは。
　全員がアイドルか、その友達ってことなのか？
「僕、なんか……」
　自分がひどく場違いな気がしていると、桜さんは安心させるかのようににっこりと笑った。
「大丈夫。ここにはちゃんとルールがあるの。未成年にはお酒を絶対に出さないこと……もちろんタバコもダメよ。あと……」
「あと……？」
「ここでのことは、他言無用」
　今までそのルールが破られたこと一度もないのよ、と唇に人差し指をあて、ウィンクする。
「ガンちゃーん、奥の個室、借りるわね」
　カウンターごしに年配の男にそう声をかけて、桜さんは

小さな洞窟のひとつに僕を招き入れた。
「さ、早くその上着脱いで」
　ハンガーにかけてもらった青い制服の上着は、雪のせいで濃紺に染まってしまっている。
「何か、あったかいものの方がいいわよね。甘いものは大丈夫？　ホットチョコレートとか」
「大丈夫です、けど……そんなのあるんですか？」
　ここは、酒を出す店なのに？
「さっき話したでしょ、未成年はお酒禁止って。ここは、ちょっとしたカフェ並みに種類は豊富よ？」
　そう言うと、桜さんは一度カウンターの方へドリンクの注文をしに行くために、洞窟を抜けていった。
　――何やってんだ、僕。
　桜さんの背中を見ながら、思わず自分を嘲るように小さく笑う。
　勝手に傷ついて、泣いて、喚いて。
　その挙句。
　こんなふうに誰かに優しくしてもらったりしたら、途端に自分が情けなくなってくる。
「ホント……馬鹿みたいだ……」
　こんなんじゃ、シンのことガキなんて笑えねーよな。
　僕だって、中学の頃から全然成長してない。
「お待たせ！　まずは飲んで！　カラダ温めないと」
　渡された湯気のたつホットチョコレートを勧められるままに一口飲むと、広がる濃密な甘さにまた少し泣きそうになる。
「あの、ご迷惑おかけして……すみませんでした」

「本当にびっくりしたのよ？　シンが珍しく真剣に頼むもんだから、事故にでもあったのかと……けど、やっぱり事故には、あっちゃったみたいね、ココロの」

　細いグラスに注がれたオレンジ色のドリンクを口にしながら、桜さんは優しい目で僕を見つめた。

「何があったか話してみない？　これでも色々と経験してる先輩よ？　アタシ」

　おどけたように言う桜さんに、くすり、と笑みが零れる。

「ほら、なっちゃんは笑ってるほうが素敵よ！　……傷をずっとひとりで抱え込んでたら、治るものも治らないわ」

　少し低めの穏やかなその声にいざなわれて、僕はぽつぽつと話し始めた。

　自分では癒せなかった傷のこと。

　ずっと誰かに聞いてほしかった、先輩のことを。

「──そう、二度も、ね……辛かったね、なっちゃん……その人のこと、好きだったのね」

　僕の話を黙って聞いてくれている間に、桜さんの手には２杯目のドリンクが届けられていた。

「分からない、んです……僕が好きだった先輩は、全部、嘘、だったってことで……」

「なっちゃん……」

「そしたら、僕の気持ちも……ほんとのものじゃ、ないんじゃないかって……」

　全部が幻だったなら、この傷だって痛むはずがない。

　そうだったら、どんなにいいだろう。

「その月島って人も、ひどいけど……分からなくなっちゃってるのかもねえ。自分が、なっちゃんと梨夢ちゃんのど

っちを好きなのか」
「え……？」
「同性を好きになるなんて、普通の男の子だったら……あんまり認めたくなんかないでしょう？」
「それ、は……」
　僕だって、先輩と付き合ってるなんて、誰にも言えなかったから。
　そういう気持ちは、僕にだってきっとあったけど。
「だけど……」
「まあね。だからって許されるようなことじゃ、ないけど」
「──っつか、馬鹿じゃねぇの？　そいつも、那智も」
　洞窟の入口から、突然割り込んできた第三者の声。
　その方向へ目をやると、帽子を深くかぶった機嫌の悪そうなシンが岩の壁に寄りかかっている。
「そんなやつのこと、ずっと好きとか、ありえねぇし」
「シン、そんなふうに言わないの！　仕事、終わったの？」
「終わりましたよー……あ、俺、ピルスナーね」
　カウンターへそう声を掛けて、むすっとした顔のまま洞窟内に入ってきて。
　僕の隣に、どかっ、と座ったシンに、帽子の下から細めた横目で睨まれる。
「……すっげぇ頑張って、終わらせてきたってのに、ナニ？　那智は他の男のことで、こんなんなっちゃってたワケ？」
　こいつ、どこから聞いてたんだ。
　僕はシンに言葉を返すことができずに、その瞳から顔を背けた。桜さんが僕を庇ってくれるように、シンの頭をぺちっ、と叩く。

「こら、なっちゃんを苛めないの!」
「……苛められてんのは、俺の方じゃね?」
　運ばれてきたビールを一気に飲み干したシンが僕の頭に手をのせて、こっち向け、と命令する。
「あーあ、目ぇ真っ赤だし。他のやつのことで泣くとか、マジでムカつくんだけど」
　泣きはらした僕の顔を確かめると、シンは一層機嫌が悪くなったように眉根を寄せて、同じの、と早くも2杯目のビールを注文した。
「なんか、まだちょっと心配だけど……とりあえずシンも来たことだし、アタシ明日早朝の仕事があるから帰るわよ?」
「えっ!」
　うそ!? 桜さん、帰っちゃうの!?
　こんな状態のシンと、2人きりなんて嫌だ!
「……んだよ、その怯えた顔」
「だ……って……」
　めちゃめちゃこえーんだもん、あんたの顔。
　顔のいいやつが本気で怒ると、凄みが増すっていうか。
　しかも、今日、悪いのは完全に僕で。
　超、立場、弱いじゃん……。
　僕は肩を丸め小さくなりながら、立ち上がった桜さんを見上げた。でも、仕事があるという桜さんを無理に引き止めて、これ以上の迷惑をかけるわけにはいかなかった。
「あの……今日は本当に、ありがとう、ございました」
「いいのよぉ。いつでも、連絡してくれて構わないからね、なっちゃん。シンも、あんまりひどいこと言わないように

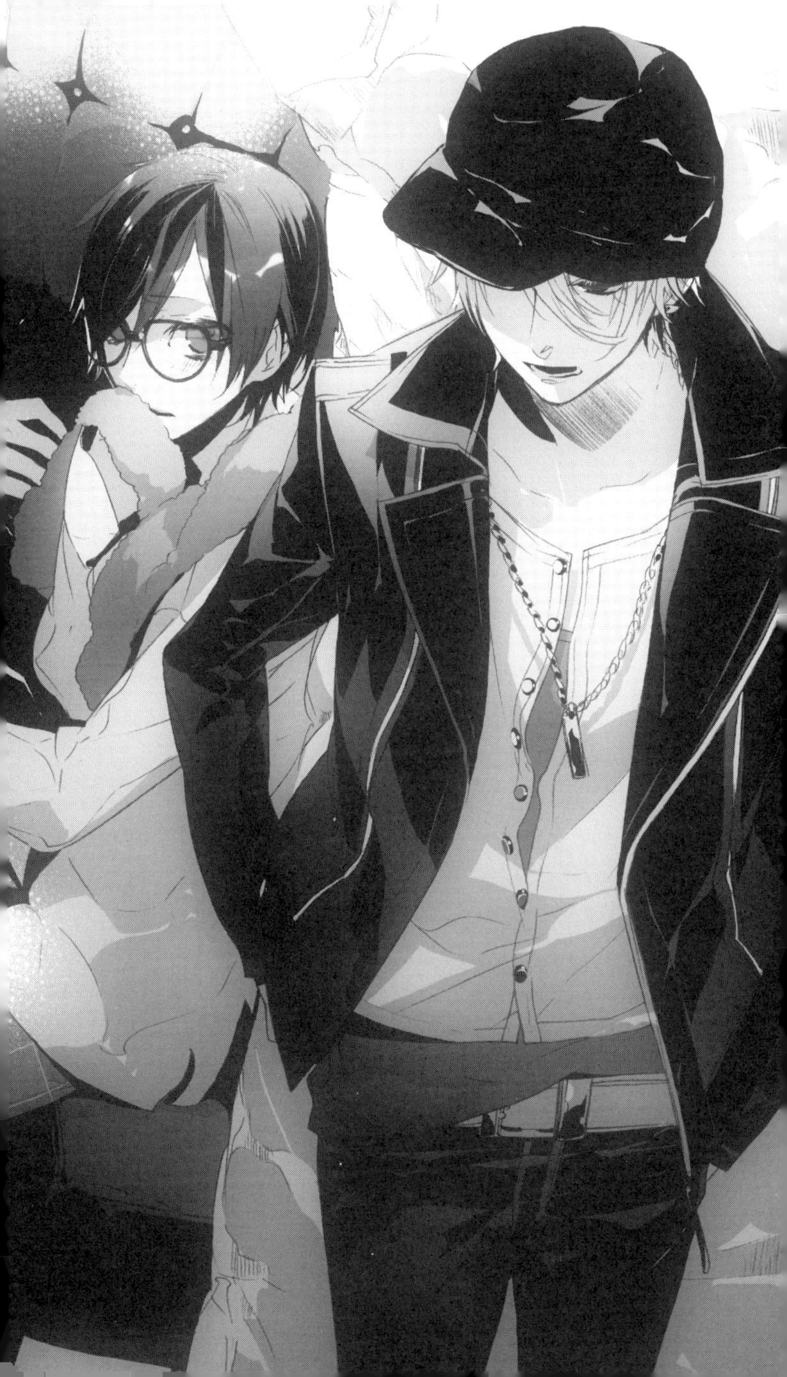

ね！」
 慌しくコートを着た桜さんは、とうとう出口の方へ向かってしまい、その姿が見えなくなる。
 小さな蒼の洞窟に、僕とシンが残された。
 そのまま続く、長い長い沈黙。
 シンの２杯目のビールが空になりかけた頃、僕はやっとの思いで口を開いた。
「……あ、の」
「何」
 う……。
 まだ、その顔なのかよ。
 こっちを振り向きもしないシンに、隣の場所から頭を下げて。
「今日、は……ごめ、ん」
 とりあえず、謝るしかない。
 今日に限っては、シンに非はないんだし。
 桜さんと話ができたのも、きっとシンのおかげだし。
「……結局、あのときのやつなんだろ？　那智、オトコ見る目、なさ過ぎ」
 そう吐き捨てるようにシンに言われると無性に腹が立つけど、今の僕には反論できない。
 本当に、その通りだったから。
「お前、俺のメール、ちゃんと見てんの？」
「……返事、送ってるじゃん」
「肝心なトコは、無視してな」
 肝心なトコって、あの『愛のセリフ』のことか？
 そりゃ、無視するしかねーじゃん。答えようがねーし。

「今日の電話じゃ、大嫌い、とか言うし」
「……ごめん」
「なんで、謝ってんの？　さっきから」
　なんでって……。
　シン、怒ってるし。
　それに。
「迷惑、かけた、し……」
「あのなあ……好きなやつが泣いてたら、心配するし！　なんとかしてやりたいって思うのは当然だろ！　迷惑とか言うなっ」
　どんっ、とシンの手がテーブルを叩いた。
　その言葉と、衝撃で。
　ついに僕は──反撃、してしまった。
「好きって……あんただって、最初は梨夢が可愛いってとっからだったじゃん！　僕のことは、タイプじゃねーだの、珍しいだの言ってたし！　その上いっつも脅迫するし！　そんなやつに好きだとか言われたって、簡単に信じられるかよ！」
「はあっ!?」
　シンが思いっきり顔を顰めて、とうとう僕の方を見た。
　まずい……やっちゃった。
「へぇ……あの優男のことは、簡単に信用したくせに？　俺のことは、信じられねぇって？」
「……っ、先輩のことは、関係ないだろ！」
　どうして、シンとはいつもこうなっちゃうんだ。
　ひたすら謝っていれば良かったのに。
「……ふざけんなよ」

一際低い声でそう言って、テーブルの上にあったままだったシンの手が強く握られる。
「──帰んぞ。上着、着ろ」
「は、あ？」
　僕が立つのも待たずにカウンターに目配せすると、シンはさっさと出口へ向かって歩き始めてしまい、僕は上着を手に持ったまま慌ててその後を追った。
「えー！　シン、久しぶりなのに、もう帰っちゃうのお？」
　途中、シンがフロアにいたお客の何人かに声を掛けられているのが分かって、僕の足が止まる。
　あ、女のコも、いるんだ。
　女性事務所のコなんだろうか。
　ちょっとその辺ではお目にかかれないくらいキレイな顔をしたコが、シンの肩にしなだれて甘い声を出している。
「あたしたちと、どっか遊びに行こうよー」
「……今日は、そーゆー気分じゃねぇんだよ」
　はー……。
　気障ったらしい仕草やセリフも、美男美女がやると随分とサマになるもんだ。こうやって、いつも『食い散らかして』たのか。
　薄暗い店の中、目の前で繰り広げられている光景は、僕の世界とはかけ離れ過ぎていたから、それ以上シンに近づくことはためらわれた。
「……で、こっちのダッセエやつは、シンさんの、なんなんですか？」
　岩の壁に背中をつけて立ち往生していた僕の肩に、声をかけてきた男の手が置かれる。

この言い草からすると、シンの後輩なんだろうな。
　ほんとに教育ってもんがなってねーし。
　僕は、うざったそうにそいつの顔を睨んだ。
「なんだ？　生意気そうなツラしちゃって……今時こんな眼鏡してるやつ見たことねーよ」
　馬鹿にするように笑いながら、僕の眼鏡を外そうとしたその男の手が、シンの手に払い落とされた。
「那智に、触んなっての」
「な……、まさか友達なんかじゃ、ないですよね？　シンさんの好みと全然違うじゃないですか！」
「ダチなんかじゃねぇよ……っつか、お前に関係ねぇだろ？……行くぞ、那智」
　呆然としているその男を無視して僕の手を掴むと、シンは無言でフロアをどんどん進んでいく。
「あれ……もう、お帰りですか？」
　僕たちに気付いた谷原さんが声をかけても、シンは目線を向けて小さく頷いただけで、そのまま地上へと続く階段を上り始めた。
「シン、痛いよ！　腕！」
「……るせぇ。いいから、さっさと歩けよ」
　なんだよ。
　なんで、そんなに怒ってんだよ。
「……僕、電車で帰るから、ここでいい」
　通りに出てシンの腕から離れようとしている僕を一瞥すると、その指に更に力が込められる。
「痛いって……」
「誰が帰っていいなんて、言った？」

「は？　さっき、帰るぞって、言ってたじゃ……」
「帰んのは、俺んち。当然、那智も一緒」
「なんで、シンの家に僕まで！」
　意味分かんねーし！
　そんなに怒ってんなら、僕のことなんか放っとけばいいだろ！
「俺に迷惑かけたって思ってんなら……言うこと聞けるよな？」
　……結局、そうやって脅すんじゃん。
　しかも、こんなときに限って真顔だし。
「……行って、どうすんだよ」
「ちょっと黙ってろ……じゃねーと、そのうるせぇ口、今すぐに塞ぐよ？」
　塞ぐってどうやってだよ、なんて訊くまでもない。
　僕はそれ以上、抗議することもできなくなってしまった。
　タクシーを拾って、シンがマンションの所在地を告げた後は、車内での会話なんかあるはずもなくて。
　僕は、その重苦しい静寂の中で。
　……その住所も、高く売れそうだな。
　窓の外を流れるネオンの光を目に映しながら、そんなことを考えていた。

♪　　　♪　　　♪

「でか……」

到着したのは、思わず口を開けて見上げてしまうくらいの高層マンションだった。セキュリティーの厳重そうなエントランスを抜けると、無駄に広いエレベーターフロア。
　一言も話さないままのシンに続いて、僕も仕方なく到着したエレベーターに乗り込んだ。
　これ、何階まで昇んだよ……。
　偉いやつとナントカは高いトコが好きって言うもんな。
　20階を過ぎても、まだ止まらないその箱の窓から外を見ると、地上の光がだんだんぼやけていく。
　やっと扉が開かれて、先を行くシンが並んでいるドアのうちのひとつにカードキーをかざすと、静かな廊下に鍵が解かれた音がした。
「何、そんなとこで突っ立ってんの……入れよ」
　部屋のドアを開けたシンに顎で促されて、僕はおずおずと玄関に歩みを進める。
「おじゃま……します」
　本当はおじゃま、したくないんだけど。
　乱暴に靴を脱いだシンは、そんな僕には構いもしないといったふうで、部屋の奥へと入っていく。
　なんで、こんなことになっちゃったんだ。
　たぶんリビングへ続いている廊下を歩きながら、何度も帰りたいと思ってしまう。
　確かに今日は、僕が全面的に悪かったよ。
　シンにも心配かけちゃったらしいし。桜さんを寄越してくれたのも、シンだし。
　でも、ここに僕がいる意味ってナニ？
　リビングでは、シンが黒い革張りのソファに座って、早

速缶ビールをグラスにも注がずに飲み始めている。僕はどうにも所在無くて、部屋の入口から先へは進めずにいた。
　座ったままのシンが上目遣いでこっちを見て、座れよ、といった顔をするから、僕は下を向いたまま、遂に人気絶頂アイドル様のテリトリーに踏み込んでしまった。
「お前も、飲む？」
　もう空になってしまったらしいビール缶を揺らして、そう僕に訊くシンは、やっぱり無表情で。
　……何考えてんだ、ほんとに。
「……いらない。未成年、だし…」
「は……、ホント口は悪いくせに、そういうとこ真面目だもんな、那智チャンは」
　からかうような目で僕を見て、自分は２本目のビールに手を出している。
「飲みすぎ、じゃ、ねーの……」
「コレが飲まずにいられますか、ってんだ」
「……ほんとに、悪かったと思ってるよ。忙しいシンを、変なことに巻き込んじゃって……」
「お前、それ謝るとこが、チガウから」
　シンの瞳の色が、無表情から少しずつ変貌(へんぼう)してきた。
　その顔、キライだって、何度も言ってんのに。
「じゃあ、なんで怒ってんのか教えてくれよ……でなきゃ、もう分かんねーって……」
「もう、分かんなくていーし」
　シンがおもむろに立ち上がって無造作に２本目の缶を放り投げると、それは見事にゴミ箱の中に飛び込んで、最初の缶とぶつかる耳障りな音がやけに響く。

「頭で分からせるの、やーめた」
「それ、どういう……」
　僕の言葉が最後まで言い終わらないうちに、ガラステーブルを跨いでこっちに来たシンの両腕に挟まれる。
　そのまま僕を上から見据えるシンの顔に浮かんでいるのは、あの、厭らしい微笑。
「何、ふざけ……」
「て、ねぇよ？　なんかもう、めんどくせぇ……ちんたら関係深めんのとか」
　関係って。
　あんたと深める必要とか、あんのか？
　その据わった目は、なんなんだよ。
　ってか、もしかして。
　僕、今……すっげーマズイことになってない？
「……あのさっ！　えーっと、僕、喉渇いたなー、なんて」
「今飲んだって、どーせ、もっと渇くことになるし」
　シンとの距離が、5センチ縮まる。
「じゃ、じゃあさっ、シン、お腹すいてないっ？　僕、なんか作ってやるよ！」
「冷蔵庫ん中、からっぽ、っつか……食いたいもんは、食べもんじゃねぇし？」
　更に、5センチ近付いて。
　僕の視界が狭められる。
「あはは……」
　じゃあナニが食べたいの、なんて。
　こんな顔してるやつに、訊けねーよ！
「まだ、なんか言いたいことあんの？」

唇の端を舐めるシンの舌の赤さに、僕は目を逸らした。
「……なんで、こんなこと、すんだよ」
　言いたいことなんか、あるに決まってるだろ。
「あんた、さっきの店でもそうだったけど、女に不自由してねーんだろ？　最初だって、梨夢のことが気に入ってたんだろ？　なのに、なんで男の僕に、そういうヤラシイ顔すんだよ……」
　暇潰しに女の、梨夢の代わりをさせられるなんて真っ平だ。
「俺のこと……あの男と一緒だと思ってるワケ？」
「そういう意味じゃねーって……」
　また近くなるシンの腕から、逃れる術が見つからない。
「那智、俺のこと、特別だって言ったじゃん」
　だから、それもそういう意味じゃねーんだって。
「その特別な俺の、トクベツなのが、那智」
「……は？」
「言ったよな？　俺、那智じゃなきゃやだ、って」
　耳元に下りてきたシンの声が、囁きに変わる。
「那智が、いい、って……」
　やめろよ。
　なんで、今、そういうこと言うんだ。
　なんで、そんな声で、僕の名前を呼ぶんだよ。
　そんなふうにされたら。
　騙されそうに、なるだろ。
「……あんたの演技が上手いのは、分かったって……」
　セクシーなのも、よく分かったから。
　僕なんかに、才能の無駄遣いすんなよ。

「演技だって思ってても、別にいいけど……？」
「シンは、勘違いしてんだよ……」
　あんただって、言ってたじゃないか。
　珍しかった、ってさ。
「僕があんたを芸能人として扱わなかったから……だから、気になってるだけで」
　すぐに僕を忘れるに決まってるやつの言うことなんか、信じたくねーよ。
「それで、終わり？」
　シンと僕との間の距離は、ほとんど無いに等しくて。
　何を言ったって。
　今のあんたには、もう。
「だよなぁ……今日の那智、弱ってんもんなぁ？　……あいつのせいで」
　そうだよ、弱ってるよ。
　傷口なんか、ぱっくり開いちゃってるし。
　救いなんか、見つけられるはずがなくて。
　こんなことになってるっていうのに、蹴りのひとつも出せないくらいに。
　めちゃめちゃ、弱ってんだよ！
「……分かってんのに、こんなことすんの、卑怯(ひきょう)だと思わねーの？」
　初めに出会ったときから、ずっと。
　あんたは、卑怯だったけど。
「思わねぇよ？　俺、弱みに付け込むの、だぁい好きだから……」
　少し掠れた声でそう言った、シンの唇の端が一層広げら

れたような気がしたけど。
　もう、その表情を読むことはできなかった。
　3度目の口づけには、キスなんて呼べるような優しさは欠片もなかった。噛み付かれているみたいな激しいそれに、僕は息を吸うことも許されない。
　シンの濡れた舌に眉を顰めても、この脅迫者はまるで容赦なく侵入してきた。
　一向に離れそうにないお互いの唇の端から、苦さを含んだ唾液(だえき)が僕の首筋にまで伝わってきて、その生ぬるい感覚の気持ち悪さに身震いする。
　強引に外された眼鏡が床に落ちた音がしても、拾い上げることなんかできるわけがなくて。
　目前にある肩を叩こうとした僕の両手は抵抗する間もなくシンの右手で捕らえられ、左手は後頭部を押さえ込んだまま、その指先が僕の耳朶(じだ)をくすぐった。
　それも気持ち悪い……っての。
「……んっ、は、ぁ……く、るし……んんっ」
　やっと呼吸することを許されたのも一瞬で、シンの攻撃が再開するときには、僕はソファの上に完全に押し倒されていた。
　これは……本当にヤバイだろ！
　口内を蹂躙されたまま恐る恐る薄く開いた僕の目と、シンの厭らしい瞳が重なる。
　こういうとき、目は普通閉じとくもんじゃねーのかよ！
　なんで、あんたまで目を開いてんだ！
　いつ、そのヤラシイ顔は崩れんだよ！
　どんなに心の中で悪態をついてみたところで、それが音

になることはなく、広いリビングには、ピチャ、という聞きたくもない水音が響くだけだった。
　僕の唇を頼んでもいないのに散々潤し尽くすと、シンの攻撃目標が首筋へ移り始めて、やっと声を出すことが可能になる。
「も……やめろって……！　シン！　こんなこと、何も僕としなくてもいいだろっ！」
「……ッチ……やっぱ、うるせぇ」
　舌打ちをしたその声音に含まれた怒りには気付いたけど、僕はまだどこかで思ってた。
　これは、悪い冗談で。
　ちょっと僕をからかってやろうと思っているだけで。
　酔っ払ってるシンは、この奇怪な行動を止めるきっかけを失ってるだけ。
　だから――。
「ちょ……っ、何すんだよっ……！」
　自分の両腕の自由が、よりによって自分が着てたシャツで奪われたということが。
　本当に、信じられなかった。
「何って……うるせぇんだもん、那智。もう無駄なのに、まーだ抵抗しようとするし。口か手のどっちか止めとかなきゃ、集中できねぇ」
「馬鹿っ！　こんなん、集中する必要はねーってっ！　ほどけよっ！　……うぅ、ああっ……！」
　下に着ていたＴシャツが乱暴に捲し上げられて、いきなり胸元に走った鋭い痛み。すぐに離されたそこは、噛まれたせいで真っ赤に色付いて、ぷっくりと立ち上がっていた。

「……声は、やっぱ、あった方がいいじゃん？　どーせ、そのうち生意気な言葉なんか、言えなくなるし」
　視線だけを僕に向けて厭らしく微笑むと、目を見開いている僕の表情を完全に無視して、シンは再び胸へと唇を落としていく。
「……って！　痛いっ……て、ばっ……」
　右の突起を何度も何度も吸い上げられて自分の意思ではなく膨れ上がったそこを、あの舌でしつこいくらいに絡め取られる。
　シンの舌の赤さに僕の上半身全体が同じ色に染めてられてしまったように、触られてもいない左の突起までが、固くなってくるのが分かった。
「……っあ、あぁっ……っ！」
　シンの指先が、悪戯でもするようにそこを弾く。
　その刺激に驚いて。
「……かぁわいー、那智。やっぱ、口塞がなくて正解」
　とっさに出た自分の声に耳を塞ぎたいのに、手は自由にならないままで。
　それが、時折感じる痛みのせいなのか。
　それとも、どこまでも上から目線のシンの態度に、我慢できなかったせいなのか。
　理由なんて分からないけど。
　自分の瞳の横に伝わってくる、熱の雫。
「そんなふうに、那智は俺のせいでだけ、泣いてればいー……他のやつに泣かされるくらいなら、こっちのが全然いーし」
「あんた、何……っ、楽しそう、な顔してんだ、よ……！」

そんな独占欲って、あるか！
　どんだけ自分が中心じゃなきゃ気が済まないんだ！
　泣いている僕を見ても、シンの動きは止まるどころか制服のズボンにまで手が伸びてくる。
「やめろ、っ……た、らっ！」
「そういう気の強そうな眼したって……煽るだけだって、教えてやったよなぁ？」
　涙を浮かべたままの瞳で、めいっぱい睨んでやったのに。
　なんで逆効果になっちゃってんだ。
「シン！　それ以上やったら、シャレになんねーって！」
　もう泣いてる場合じゃない。
　このままじゃ、マジで喰われる！
「シャレ、ねぇ……どーでもいーけど、蹴ったら足も縛るよ？」
　完全にズボンを脱がされて、半ば戦闘体制になっていた僕の右足が、その言葉でソファに力なく落ちた。
「ホント油断も隙もねぇやつだな……やっぱ、縛っとく？」
　冗談ではなさそうなシンの表情と言葉に、びくり、と体が反応する。
「あんま、びくびくすんなって……そういうのも、そそられるだけだし」
　くすり、と笑う目の前のシンは、今のこの状況を完全に愉しんでいる。
　怒ってもだめ、泣いてもだめで。
　怯えんのまでだめだったら、いったいどうすりゃいいんだよ！
「言っとくけど、俺、こんなに時間かけてやることなんか、

ねぇよ？　那智だから……特別」
　あんた、『特別』の使い方まで間違ってるし。
　いい加減、そこばっか触んなよ。気持ち悪いのかどうかも、もう分かんねー。
「そんな特別、なんか、いらねー……って……」
　拘束されたままの腕が、痛い。
　勝手に熱くなってきた、自分の体に気付きたくない。
　執拗(しつよう)に弄(もてあそ)ばれた胸の先は、もう空気が触れるだけでもちくちくする。
「那智は、今、誰にこんなことされてんのかを……ただ考えてるだけで、いーし」
「誰って……」
「今、お前に、こんなことしてるやつ……誰？」
　そう言いながら、思い出したように唇が奪われる。
　誰、って訊かれたって、これじゃ答えらんねーよ！
　こんなことするやつ、あんた以外に、いるわけねーだろ。
「……誰？　那智」
　確かめるように離された唇から、吐息のような問いかけが降ってくる。
　シンの舌なめずりしている獣のような動作に惑わされるのが怖くて、僕は顔を背けて奥歯を噛んだ。
「ねぇ……だぁれ？」
「っつ……っ！」
　僕の上半身を撫でるように滑っていた長い指が、放たれたシンの言葉と同時に左胸の突起を押しつぶす。
「……っ、シン、だ、ろっ……！」
「ハイ、良くできましたー」

満足げな顔の後。
　僕が呼んだ自分の名前に触発されたように、シンの動きが激しくなった。
　耳元で、僕の名前を掠れた声で囁きながら、耳のカタチをなぞるように舐め上げていく。
　そうしている間もシンの両方の手が休まることはなく、背骨に沿って伝わる指の感触に僕のカラダがぴくり、と跳ねた。
「声、もっと出せばいーのに……」
「ば、かじゃ……出して、たまるか……っ」
「あれ……まだそんなこと言う元気、あんの？」
　元気じゃなくて、これは意地だ！　僕は一方的に襲われてんだぞ！
　さっきみたいなヘンな声、出しちゃったら。
　あんた絶対、合意の上だ、とか言いそうじゃん！
「ふーん……いつまで我慢できっかなー……ま、いーや。そうやって、俺のことだけ考えてて？」
　こんな状況で、シン以外のこと考える余裕なんかねーってば！
　だから、その剥き出しの子供じみた所有欲はやめろって！
「う……？　……っ、わああっ！　ナニすんだっ」
「ちょ……、も少し、色気のある声、出せねぇの？」
　男にパンツ脱がされて、色気のある声を出せる男子高校生がいたら、お目にかかりてーよ！
　手を縛るために使われているシャツを身に着けているものとカウントしてもいいなら、僕が着ているのは、それと

首まではだけたTシャツの二つだけだ。
　あの採寸のときだってパンツは脱がなくて済んだのに、なんでこんなとこで、こんなやつに脱がされなきゃなんねーんだよ。
「那智の、全然、元気ねぇの……」
「当たり前だっ！　ってか、そんなじっくり見んなっ！」
　同じ男同士とはいえ、これにはさすがに恥ずかしくなって、全身が火照ってくる。文句でもなんでも喋っていないと、羞恥心で気を失いそうだった。
　あんたの下半身が、さっきから異様に元気になってるってことは。
　あんだけ体を引っ付けられたんだから、分かってたよ！
　だからって、なんで僕にまで同じ状態を期待すんだ！
　だいたいなあ！　よく考えたら、こんなことすんの、僕初めてなんだぞ！
　だけど、いっそのこと──ここで、気絶してしまえば良かったんだ。
「あーあ……ここまで俺にヤらせるやつって、マジ、いねぇよ？」
　仕方ねぇなー、と言ったシンの言葉の最後の方は、僕のソコにダイレクトに振動を伝えた。
「あっ……!?　わーっ！　馬鹿シン！　やめろっ！　それが人気アイドルのすることかーっ！」
　全身の力を振り絞って腰を振ってみても、僕の下半身に顔を埋めたシンはびくともしない。それどころか僕の腰を両手で掴むと、もっと深く、というように自分の口の方に押し付けた。

さっきまでの行為だって、もう冗談では済まされなかったけど。
　こんなことまでされてしまったら、絶対に後戻りできないことを思い知らされてるみたいで。
「んっ……んう……っあ、あ、……」
　初めて感じる熱く濡れたその感触に、とうとう僕の声が漏れ始める。
　声なんか、出したくないのに。
　そうでもしていなきゃ、この男の侵攻にすぐにでも陥落してしまいそうだった。
「ああっ……や、め……っ、……シ、ン……っ！」
　さっきのキスの音なんかと比べ物にならないくらい、厭らしくて粘着質な音がする。シンの頭が上下して、僕のソコには長い指までが添えられた。
　熱い――。
　体中の熱が、そこだけに集中していくのを止められない。
　元来、僕は淡白な方で。
　ひとりでだって、ほとんどしないくらいなんだ。
　それなのに。
　自分でも自覚するほど、シンの口の中でカタチが変わっていく熱の塊が――僕のだ、なんて。
　有り得ない。信じられない。信じたくない。
「んっ、あ、ん……やだ……っ！　……シン！　はな、せ……っ」
　解放してほしい、という欲求に。
　ソファから浮いてしまう、自分の腰に。
　もう、耐えられそうにない。

だけど、このままじゃ。
　このままじゃ、最悪の、結末に。
「っく……、う、あああっ……ん……っ！」
　僕の限界が近いことに、絶対気付いているくせに。
　離してほしい、そう思って、未だ自由にならないままの両の手でシンの髪の毛を掴むと、何を勘違いしてか、唇と舌と指が総動員して僕を責め立ててきた。
　先端の一際敏感なところがその舌先で侵されて、背中を凄まじい快感が突き抜けていく。
「や……っ、だっ……シ、ン……っ！」
　こんな、屈辱的な瞬間に。
　なんで僕はあんたの名前なんか、呼んじゃったんだ。
　涼しい顔してにやりと笑ったシンの喉が、ごくり、と揺れた。
　──サイ、アク、だ。
　誓って、僕のせいじゃない。
　全部、シンが悪いんだ。
　僕は、絶対、被害者だ！
「なぁち……気持ちヨカッタ？」
「いい、わけ……ねー……」
　喉がカラカラで、声がうまく出てこない。
　シンの予言通りになってしまった自分の喉が、恨めしい。
　今すぐにでも、この端正な顔を殴ってやりたい。その腹を両足で蹴ってやりたい。
　だけど今の僕は、シンから顔を逸らす、という動きすらもできないくらい全身の力が抜けていた。
「もう暴れる元気はねぇ、よな？　じゃ、これ」

と、巻きついていたシャツが解かれても、腕の感覚はすぐには戻ってこない。手首は少し腫れてしまっていて、よくよく見れば体のあちこちに、シンの印が紅く残されている。
　夏じゃなくて、良かった。
　現実を受け入れ難くて、どうでもいいことを考えていた僕の体が、不意にソファから離された。
　前にもあった、この体勢は。
「なんだ、よ……？」
　横抱きにされたままシンの行動の意図を知るために、眉を顰めて訊くと、
「やっぱ、こっから先は、ソファじゃヤりにくいし」
　飄々とした顔で答えながら、どうやらベッドルームらしい部屋へとシンが移動していく。
「……さ、き……？」
　先って。
　──先？
「うわっ……こら！　那智、マジ落とすって！」
　僕は、腕も足も頭も、とにかく渾身の力を振り絞り、シンの腕の中で全裸だというのも忘れて暴れまくった。
　冗談じゃねーっ！
　そんなとこまで流されてたまるか！
「危ねぇって……っ！　那智！」
　危なくっても、ここで止めたら、またあんたのペースになんだろ！　そっちのがよっぽど危ねーよ！
　そんなことになったら……なっちゃったら。
　考えると、眩暈がしそうだ。

「っぶねー……」
　落ちる、と思った瞬間に、これまた無駄にでかいベッドのスプリングに僕の体が包まれた。
「んだよ……やっぱ、自由にすんじゃなかった」
「もうやだっ！　ほんとに、あんたって信じらんねー！　馬鹿っ！　ヘンタイッ！」
「ヘンタイッ!?　……って、那智、ちょっ、どっかぶつけた!?」
　信じらんねーのは、僕だった。
　全部が自由になって安心してしまったのか、僕の目からはどんどん涙が零れてくる。
「……っ、触ん、な……っ」
　すっげー、怖かったっつーの。
　ああいうことって、好きなやつとするもんじゃねーのかよ。
　ガキみたいに泣きまくっていると、背後から温かな腕が伸びてきて。
　まるで本当に駄々っ子をあやしているみたいに僕を胸の中に抱きとめたまま、シンはヘッドボードへ背中を預けた。
「……えー、と？　那智、チャーン？」
「……ひ、っく……ん、だよ……」
「うーわー、もー、泣くなって」
　僕だって泣きたくなんかねーよ。
　泣かせてんのは、誰だと思ってんだ。
「そーんなに嫌なわけ？　俺とすんの」
「やだ……」
「あのな……ちょっとは、考えろっつの！

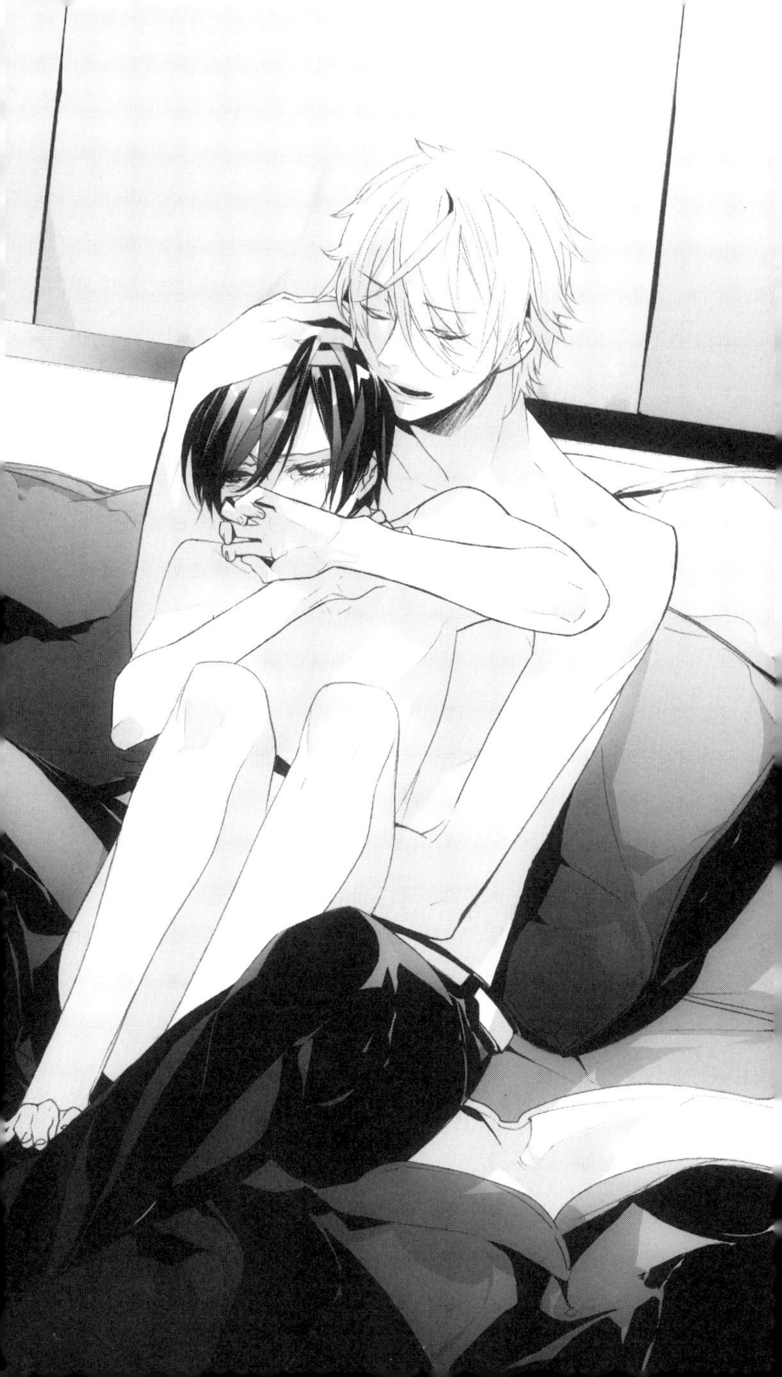

「だっ……、て……っ！」
　あんたが僕を好きだなんて。
　まだ信じらんねーし。
　キスしかしてなかった先輩に嘘吐かれたってことだけで、あんなにショックを受けたのに。
　最後までヤって裏切られたら、今度こそ立ち直れねーし。
「あの男とは、ヤったんじゃねぇの？」
「……って、ねーっつの……」
「えっ!?　マジでっ!?　あいつと、付き合ってたんじゃねーのかよ!?」
　あんたは、付き合ってりゃ誰もがすぐにヤってると思ってんのかよ！
「あんたと一緒に、すんな……」
「……てことは、ナニ？　那智、もしかして初めてだった……とか」
「……だった、ら……なんだよ」
「最初に言えよ！　そーゆー大事なことは！」
　そんなこと言う暇がどこにあったんだよ！
「なぁ……まだ、信じらんねーの？」
　今更そんな優しい顔したって、おせーっての。
　ってか、そんなふうに自分の表情を自在に操れるやつを、信用できると思う？
「この俺が、あーんなこと、好きでもねぇやつにすると思う？」
「ば……っ」
　馬鹿シン！
　思い出させんなよ！

「なあ……思うの？」
「知ら……ね……」
　ほんとは、思わねーよ。
　超・超・俺様なあんたがあんなこと、なんとも思ってねーやつにするなんて有り得ねーし。
　だけど。
「僕……あんたの、こと」
「何？」
「好きになる、自信……ねーし……」
「は⁉　何、その断り文句！」
　だって、シンは。
　認めたくねーけど、やっぱ、かっこ良くて。
　忘れそうになるけど、ほんとは僕とは全然違う世界に住んでるやつで。
　すっげー人気のある、アイドル様、だし。
「だったら、やっぱ今すぐヤるっ！」
　僕を包むシンの腕に、ぎゅっと力が込められた。
「な……っ」
「見込みねぇなら、優しくしたって仕方ねーし……」
　──あ、その顔。
「……ふ、……ふは……っ」
「何笑ってんだよ、そんなにヤってほしーの？」
　振り向くと、そこにあったシンの拗ねたような顔にホッとする。
　そっちがほんとのあんたなんじゃねーの？
　そっちの方が、ずっといいのに。
「見込み……なく、なくなくはない、かも」

「どっちだよ!?」
「……可能性は、ゼロじゃねーってこと」
　シンのおかげで。
　……ってかシンのせいで、僕、先輩にされたこと完全に忘れてた。
　あんなにショック受けたのに、こんなふうに笑えてるし。
「ホントだろな、ソレ」
「……あくまでも、可能性の、話だけどな」
「じゃ、今日はこのまま一緒に寝るだけで許してやる」
「は？　帰るっつーの！」
「じゃあ、ヤる？」
　……また、これか。
「どーせ那智、まだ腰ふらふらだし、歩くのなんか無理だって」
　だから！
　思い出させんなってば！
「あれー？　那智チャン、なぁんで、顔赤くしてんの？」
「るさい！　……あんた、一緒に寝て、ほんとになんもしねーんだろーな」
「……そういや、そんな経験ねぇかも」
「帰る」
「あーっ！　大丈夫だって！　那智は、トクベツだし！」
　その言葉の響きが。
　ちょっとだけ嬉しかった、なんて。
　自分でも信じられないから、言ってなんかやらないけど。
「じゃ、もう寝ちまお！　シャワーは、明日な！」
「おい、服くらい着せ……」

「それはダメ。このまま、抱っこして寝んのがいー」
　……さっき思ったのは。
　絶対に、ぜーったいに、気のせいだ！
　こんなやつの『特別』になんか、なったって。
　やっぱり厄介事が、増えるだけだし！

　　　　　　　　♪　　♪　　♪

　人肌の温もりの中、目が覚めた。
「……あったけー……？」
　まだ半分寝惚けたまま後ろのシンに目をやると、その肩は剥き出しになっていて、寝息と共に小さく上下していた。
　こいつ、なんで上半身裸で寝てんだよ。
　で、なんでこんだけ広いベッドで、こんなにくっついて寝なきゃなんねーんだ。
　起き上がろうと体を動かすと、僕の腰に巻きついている腕の力が強まる。
「……ほんとは起きてんじゃねーだろな」
　その体勢のままどうにか腕だけを伸ばして、いつの間にかサイドテーブルに置かれていた携帯電話を手に取った。その横には、昨日床に落ちたはずの眼鏡。
　携帯の通知ランプが点滅している。
　梨夢、だろうなあ。
　結局、連絡もしないまま、ここに泊まっちゃったし。
　さて、なんて言い訳をしようか。

まさか、KIXの『K』に襲われちゃいました、なんて絶対言えねー。
　携帯をスライドさせて梨夢からのメールを確認した僕は、苦笑せざるを得なかった。
「あんたって……こういうことに関しては、どこまでも抜け目ねーのな」

======================
From：梨夢
Sub：ずるーい！
Date：2008. 1. 23. Wed.
======================
シンからメールもらった
けど、やっぱり那智ばっ
かりずるいよ！
そんな特別な場所に連れ
てってもらえるなんてー！
その上、みんなでシンの
うちに泊まることになっ
たなんて超ゼイタク！
ねー、どんなメンバーだ
ったのー？
あたしだって行きたかっ
たよー！
あ、もしかして、ＭＧＯ
の女のコとかもいたんじ
ゃないのー？
そうだとしたら、お父さ
んたちには、黙っておい
てあげる！
次は、絶対あたしも誘っ
てねってシンに話してお
いてね！

======================

たぶん僕が寝てしまった後で、梨夢に連絡をしていたに違いない。
　普段の発言は本当に馬鹿っぽいのに、こういう場面だけ妙に手馴れているってのが、今までいかにこいつが『豊富な経験』を重ねてきたかを物語ってるよな。
　現在の時刻は、6時過ぎ。
　学校に行くにしても、ここってどこだよ。早くしねーと、下手したら間に合わねーんじゃ……。
　とりあえず僕の背中で気持ち良さそうに眠っている、この部屋の主を起こすしかない。
「シン、起きろよ」
　カラダを反転させて、シンの肩を両手で揺り動かす。
「んー……ヤダ……ねみぃ……」
「僕だって眠いっての！　だけど、このままじゃ学校に遅刻するかもしれないだろ」
「……ちゅーしてくれたら、起きる……っ、てえっ！」
　昨日はまったく役に立たなかった僕の右膝蹴りが、シンの腹に爽快に決まった。
「目、覚めた？」
「……覚めました……っつか、朝からコレはひどくね？」
「とにかく起きて、なんか着るもの貸せ」
　眼鏡と携帯はこの部屋にあるのに、僕の制服は見当たらない。そして、やっぱり僕は全裸のままだった。
「いーじゃん、そのままで」
　ようやく覚醒したとみえるシンが、ヤラシイ顔で笑いながら僕の腰をさらり、と撫でた。
「気持ちわりーことすんな！　もっぺん蹴るぞ！」

「ちぇー……ハイハイ、っと」
　だるそうにベッドから抜け出したシンの手から、ほら、と投げられたのは黒のバスローブ。
「違うのねーのかよ！」
　こんなの着たことねーし！
「どーせ、シャワー浴びんだろ？　とりあえずソレ着とけって」
　仕方なく渡されたローブに袖を通してベッドから立ち上がると、それは腹が立つほど僕には大きすぎた。
　これじゃＣＭのときのシャツと一緒じゃねーか。
　なんとなくムカムカしながら裸足のままリビングへ向かうと、シンはソファの上で煙草に火を点けていた。
　その仕草も、どう考えたってこの間成人式を迎えたばかりのやつにしては、サマになり過ぎている。
「あんた……煙草も吸ってんのか」
「あー？　問題ねーだろ、大人だもん」
「……咽喉、痛めんじゃん」
　せっかく、あんなにいい歌声してんのに。
　……別に、僕には関係ないけどさ。
「……たまにだって。俺だって、分かってるし……んな顔すんなよ」
「……え？　僕、どんな顔してた？」
「こっちがすげぇ悪いことしてんじゃねーか、って思わせる顔」
　言いながら紫煙を吐き出したシンが居心地悪そうに苦笑いしたから、僕までばつが悪くなってしまった。
「……シャワー、借りる」

あっち、とシンが指差した方へ向かいながら、
「あ、なあ。ここって、ドコ？　駅の傍？」
　と訊いたら、返ってきた答えの最寄り駅が微妙な距離だということが分かって、いちど家に帰るのは諦めることにした。
　バスルームの鏡の前で、自分のカラダに残されたいくつもの斑点(はんてん)に気づき独り言ちる。
「これ、いつ消えんだよ……冬でも、高校生には体育があるんだぞ」
　本当なら、こんな所有の証みたいなものを付けられたこと、それ自体に苦言を申し立てなきゃならないのに。
　なんで消えるとか、そっちの心配してんだ、僕は！
　これじゃ、されたことは受け入れてるみたいじゃねーか！
　シャワーの熱に包まれながら、普通じゃない生活に慣れつつある自分を振り切るように、スポンジで体中を力任せに擦(こす)った。
　だけど当然その赤い痕(あと)は、ボディソープなんかじゃひとつも消えやしなかった。
　バスルームを出て、乾燥機にかけておいてくれたらしい制服を身につけた後、もういちど鏡を見ながら首を傾けて伸ばしてみる。
　ぎりぎり、大丈夫そうだな。
　鎖骨のほんの少し下まで散っていたそれは、制服を着てしまえば見えなくなることが確認できて安心した。
　体育の着替えの時は、さっさとやっちまえば大丈夫だろ。僕に注目してるやつなんかいないだろうし。

「那智、ガッコ、間に合う？」
　リビングへ戻ると、缶コーヒー片手にシンが訊いてきた。テーブルの上にはもう1本の缶が載っていて、向かい合ってソファに座った僕に、飲めば、と差し出される。
「大丈夫。まっすぐ学校行くから」
「まだ時間はえーし、車で送ってく？」
「い、いいよ！　目立つ……」
　貰った缶コーヒーを早速開けた僕は、シンの申し出には速やかに辞退を表明した。
　あんな真っ赤な車で、しかも運転手がアイドルって。
　そんなんで登校したら、学校での僕の立場が一変するのは目に見えてる。
　もしもシンが本当に普通の友達だったなら、方向音痴の僕は喜んで送っていってもらっただろう。
　だけど、僕たちは友達なんかじゃない。
　目の前では、未だに腰から上は裸のままのシンが、時折り欠伸をしつつ雑誌をぱらぱらと捲っている。
　当人はまったく意識してないんだろうけど、こういうなんでもない姿までが良くできた写真のようだった。
　芸能人って、みんなシンみたいな感じなのか？
　遥や、賢悟はどうだったっけ。
　こいつに抱かれたいって思ってる女のコなんか、きっと掃いて捨てるほどいるだろうに。
　その、シンに、昨日──。
　昨夜のソファの上での出来事が突然脳裏に蘇ってきて、コーヒーを吹き出しそうになった。
　眠る、という行為は、人間にとって最も無防備な状態な

はずだ。
　なのになんで僕は、こんなやつの腕の中で熟睡しちゃったんだ。
　顔が赤くなりつつある僕に気付かない様子のシンを、コーヒー缶の飲み口をかじりながら、軽く睨みつける。
　何事もなかったような顔しやがって。
　どうして襲われた側の僕ばっかりが、こんなに動揺しなきゃなんないんだよ！
　初めての他人の素肌の感覚は、僕が思っていたよりも強い衝撃を僕自身に与えていたようだった。
　それは決して触れ合い、なんて甘いものじゃなかったにしろ。
「じゃ、僕、もう行くから」
　これ以上、ここにいたら僕の頭がおかしくなりそうだし。
「あー……やっぱ、行っちゃうの？」
「は？　……何、その顔」
　立ち上がった僕を上目遣いで見つめるシンの目は、まるで捨てられた小犬みたいだ。
「休んじゃえばいーじゃん……で、ここにいんの」
「何馬鹿なこと……あんたも仕事、あんだろ？」
「……あるけどさ」
　なんか、シンってば。
　どんどんガキみてーになってきてねーか？
　そういう表情されると、僕の中の『お兄ちゃん気質』が揺さぶられるんだって！
　騙されちゃダメだ！　こいつはそんな可愛い生き物じゃない！

僕にあんなことするようなやつなんだぞ！
「とにかく！　僕は行くから。シンも、仕事頑張れよ」
　シンの様子にほだされる前に、僕は足早に玄関へ向かい靴を履いた。
「那智、忘れもん」
「何……、んっ……」
　玄関まで追いかけてきたシンの声に振り向くと、あっという間に顎を取られて。
　されたのは、キス。
　僕の目が驚きで開かれているうちに唇は離れていったけど、その直前に下唇を赤い舌で舐められた。
　今度こそ顔を殴ってやるつもりで振りかざした僕の右手は、すんでのところで避けられる。
「この馬鹿っ！　どういうつもりだよ！」
「……行ってらっしゃい、の、ちゅー？」
　口の端を上げて笑うシンの顔には、さっきの犬みたいな表情なんかこれっぽちも存在してない。
「こんなとこっ！　二度と来ねーよ！」
　思いっきり強く、ドアを叩きつけてやった。
　――つもりだったのに。

　徹底した高級志向で作られた重厚なドアは、癪に触るくらいゆっくりと、音もなく閉じていった。

〈『楽園のうた 2』へ続く〉

本作品はフィクションであり、実在の人物・団体等は一切関係ありません。
本書作品・イラスト等の無断複写及び転載を禁ず。

あとがき

　雪深い田舎町にいた、少女漫画家を目指しているひとりの女子中学生。彼女はせっせと漫画原稿を描いては少女誌に投稿する、という毎日を送っていました。それは、自分の描く物語をたくさんの人に読んでもらいたい、という夢を叶えるため。
　しかし、高校で知り合った友人が誘ってくれた「漫画好き」が集まるという場所で、彼女は衝撃を受けます。そこで出会った物語のほとんどに、いわゆるヒロインが存在していなかったからです。
　自分が描いていた漫画とはまったく異質のジャンルを、彼女は受け入れることが……。
　……できませんでした、であれば、この『楽園のうた』は存在していなかったはずです（笑）。もちろん、この「彼女」は私。それまで男女のラブストーリーを描いていたはずの私は、何の抵抗もなくＢＬの世界にどっぷりとハマっていきました。
　けれど、環境が変わるたびにＢＬからは遠ざかる一方で、就職する頃にはすっかり離れていました。言うまでもなく、学生時代の夢はおろか、創作活動なんてとっくに消滅。
　ところが、です。
　体調を崩し会社を辞め、ぽっかりと時間ができたとき、どうしてか「創作活動」を再びしたくなったのです。でも、漫画はもう無理。捨てられずにいたスケッチブックや画材はあっても、技術も、それを習得する意欲もない。
　どうしよう、と悩んだのは一瞬で、今すぐに物語を描き

たい、という欲求に勝てなかった私は、これまで経験のなかった「文字で綴る」という手段に出ました。パソコン一台でできるし、それに誰に見せるわけでもないし、と軽い気持ちで一作目を書き始めます。その内容が、当然のようにＢＬだったことには特に疑問を抱かなかったあたり、自分でもツッコミを入れたくなりますが。

　はじめは本当に、個人の趣味として満足しているつもりだったのです。でも、結局は誰かに読んでもらいたくなってしまい、身近に同好の士がいなかった私は、とにかく「感想」に飢えていました。

　困ったのは発表の場がないこと。ネット、という言葉が頭に浮かんでも、当時の私は会社の資料作りにしかパソコンを使っていなかったので、ＨＰ等の作成知識はゼロ。

　じゃ、携帯サイトなら？　少なくともパソコンで一から作るよりは簡単だろうし、携帯小説があれだけ流行ったんだから、ひっそりとＢＬ小説だってあるんじゃないの？
……と検索をかけてみたら、まあ出てくるわ出てくるわ。全然ひっそりしてなかった（笑）。いつの間にＢＬはこんなにもオープンになっていたのか、と二度目の衝撃を受けました。そして、数ある携帯サイトの中でも、ＢＬジャンルがちゃんと分けられていたポケットスペースさんで、小説を発表することにしたのです。

　早速ＨＰを開き、何とか一作目を完結。サイトの読者様からいただける感想が飛び上がるほど嬉しくて、二作目はもっと面白いものにしよう、と書き始めたのがこの『楽園のうた』です。

　イイ男ばかり登場してもおかしくないから、という単純

な理由で詳しくもない芸能界を舞台にすることに決め、せっかく携帯小説なんだしメール画面入れちゃおう、とか、自分でもかなり楽しんで書いていたのですが、完結させたときにいただいた感想の数の多さにびっくり！　画面の向こうにいったいどれだけの人がいるんだろう、とビビリつつ、でも、諦めたはずの学生時代の夢はこの時点で叶ったも同然でした。

　それが、まさか。

　ラジオドラマ？　ドラマＣＤ!?　書籍化!?

　それこそ夢のようなお話です。が、それをまるっと信じるほど若くはない私は、もちろんガチガチに疑ってかかりましたとも！（その節はごめんなさい・笑）

　こうして色々な形にしていただいた今でも、こんなふうに夢が叶うこともあるんだなあ……と不思議な気持ちです。人生って、ホント何が起こるかわからないですね。

　書籍化するにあたり、すべてのキャラクターをとても素敵に描いてくださったカズアキ先生（先生には、ＣＤのジャケットも描いていただいてます！）、ご尽力くださった多くの関係者の皆様、本当にありがとうございます。

　そして何よりも、小さな携帯画面の向こう側から、いつも私を励ましてくださった携帯サイトの読者の皆様と、この本を手に取ってくださった方に、心からの感謝を。

　この物語はまだ続きます。願わくは、『楽園のうた』第２巻でも、お逢いできますように。

2009年　秋

鈴藤みわ

楽園のうた　1
らくえん

初版第1刷発行　2009年12月5日

著者	鈴藤みわ ©2009. Miwa Suzufuji
発行人	志倉知也
発行所	株式会社祥伝社 東京都千代田区神田神保町3-6-5 電話 03-3265-2081（代表）　03-3265-2087（編集）　03-3265-3622（業務） 祥伝社のホームページ　　http://www.shodensha.co.jp/ 楽園のうた ホームページ　http://www.shodensha.co.jp/rakuen/
編集協力	株式会社 秋水社 PCホームページ　　　http://www.shusuisha.com/ 携帯ホームページ　　http://www.shusuisha.com/m/
装幀	片岡デザイン室　（片岡由梨香）
印刷所	萩原印刷株式会社
製本所	ナショナル製本

造本には十分注意しておりますが、万一、落丁、乱丁など不良品がありましたら、［業務部］あてにお送りください。
送料小社負担にてお取り替えいたします。定価はカバーに表示しております。
本書の無断転載は著作権法上での例外を除き、禁じられています。

ISBN978-4-396-46022-8
C0293 Printed in Japan